DÍA Y NOCHE A SU DISPOSICIÓN
SHARON KENDRICK

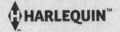

Editado por Harlequin Ibérica.
Una división de HarperCollins Ibérica, S.A.
Núñez de Balboa, 56
28001 Madrid

© 2016 Sharon Kendrick
© 2016 Harlequin Ibérica, una división de HarperCollins Ibérica, S.A.
Día y noche a su disposición, n.º 2483 - 10.8.16
Título original: The Billionaire's Defiant Acquisition
Publicada originalmente por Mills & Boon®, Ltd., Londres.

I.S.B.N.: 978-84-687-8442-7
Depósito legal: M-17036-2016
Impresión en CPI (Barcelona)
Fecha impresión para Argentina: 6.2.17
Distribuidor exclusivo para España: LOGISTA
Distribuidores para México: CODIPLYRSA y Despacho Flores
Distribuidores para Argentina: Interior, DGP, S.A. Alvarado 2118.
Cap. Fed./Buenos Aires y Gran Buenos Aires, VACCARO HNOS.

Capítulo 1

EN PERSONA parecía bastante más peligrosa que bella. Conall endureció el gesto. Era exquisita, sí, pero también parecía un poco ajada. Como una rosa que hubiera sido utilizada para adornar una solapa antes de una fiesta y luego hubiera quedado descartada sobre una mesa.

Profundamente dormida, estaba tumbada sobre un sofá de cuero blanco. Vestía una amplia camiseta que se curvaba sobre sus generosos pechos y su curvilíneo trasero y terminaba a medio camino de unas piernas morenas y asombrosamente largas. A su lado había una copa de champán vacía. Por los ventanales abiertos del balcón entraba una ligera brisa que no bastaba para disipar la mezcla de olor a incienso y tabaco que aún flotaba en el ambiente.

Conall hizo un gesto apenas perceptible de desagrado. Si Amber Carter hubiera sido un hombre la habría zarandeado sin miramientos para que se despertara. Pero no era un hombre, sino una mujer. Una mujer caprichosa, mimada y demasiado guapa que se había convertido en su responsabilidad y, por algún motivo, no quería tocarla. No se atrevía.

«Maldito Ambrose Carter», pensó con rabia al recordar las palabras de este.

–Tienes que salvarla de sí misma, Conall. Alguien tiene que hacerle ver que no puede seguir así..

Maldijo mentalmente su estúpida conciencia, que lo había empujado a aceptar responsabilizarse de aquella tarea.

Moviendo la cabeza, se dispuso a echar un vistazo por el piso para asegurarse de que no había nadie durmiendo la mona en algún rincón. Efectivamente, las habitaciones estaban vacías, aunque la última llamó su atención y se detuvo un momento a contemplarla. Estaba abarrotada de libros y ropa y había una bicicleta de hacer ejercicio bastante polvorienta en un rincón. Semiocultos tras un sofá de terciopelo había varios cuadros. El instinto de coleccionista de Conall le hizo acercarse a echarles un vistazo. Los lienzos mostraban unas pinturas ásperas, enfadadas, con remolinos, manchones y salpicaduras de pintura, realzadas en algunos casos con un reborde de tinta negra. Las contempló un momento con interés hasta que recordó por qué estaba allí.

Cuando regresó al cuarto de estar encontró a Amber Carter exactamente como la había dejado.

–Despierta –murmuró y, al no obtener ningún resultado, añadió en voz más alta–: He dicho que te despiertes.

Ella se movió. Alzó un brazo dorado por el sol para apartar la mata de pelo negro ébano que cubría gran parte de su rostro. El gesto ofreció a Conall una repentina y diáfana visión de su perfil. Su pequeña y bonita nariz, el mohín de sus labios rosados... Cuando agitó sus negras y gruesas pestañas y volvió la cabeza para mirarlo, Conall se encontró ante el color de ojos verdes más sorprendente que había visto en su vida. Aquellos ojos lo dejaron sin aliento y le hicieron olvidar por un instante a qué había ido allí.

–¿Qué pasa? –preguntó ella con voz ronca–. ¿Y quién diablos eres tú?

Amber se irguió en el sofá y miró a su alrededor sin montar la clase de alboroto que Conall habría esperado. Casi parecía acostumbrada a que la despertaran hombres desconocidos que habían entrado en su apartamento sin haber sido invitados, pensó con desagrado.

–Me llamo Conall Devlin –dijo mientras buscaba en el rostro de Amber alguna señal de reconocimiento.

Ella se limitó a mirarlo con expresión ligeramente aburrida.

–Ah ¿sí? –aquellos increíbles ojos verdes se detuvieron un momento en el rostro de Conall. A continuación, Amber bostezó abiertamente–. ¿Y cómo has entrado, Conall Devlin?

En muchos sentidos, Conall era un hombre muy anticuado, algo de lo que lo habían acusado numerosas mujeres decepcionadas en el pasado, y sintió que aquella faceta de su personalidad resurgía al comprobar que todo lo que había oído sobre Amber Carter era cierto. Que era negligente. Que le daba igual todo excepto ella misma. Y el enfado era más seguro que el deseo, que permitirse centrar la mirada en el balanceo de sus pechos bajo la camiseta, o reconocer la elegancia de sus movimientos cuando se levantó, algo que, a pesar de sí mismo, lo excitó de inmediato.

–La puerta estaba abierta –dijo sin molestarse en ocultar el reproche de su tono.

–Oh. Alguien debió dejársela abierta al salir –Amber miró a Conall y esbozó una sonrisa con la que probablemente conseguía tener siempre a los hombres comiendo de su mano–. Anoche hubo una fiesta.

Conall no le devolvió la sonrisa.

–¿No te preocupa que pueda entrar alguien a robar, o a algo peor?

–En realidad no –dijo Amber con un encogimiento de hombros–. La seguridad del edificio es muy eficaz. Aunque tú pareces haberla superado sin dificultad. ¿Cómo te las has arreglado?

–Porque tengo una llave –dijo Conall a la vez que alzaba esta entre el pulgar y el índice.

Amber frunció ligeramente el ceño antes de sacar un cigarrillo de un paquete que había en la mesa.

–¿Y cómo es que tienes una llave? –preguntó mientras tomaba el mechero que había junto a la cajetilla.

–Preferiría que no encendieras eso –dijo Conall.

Amber entrecerró los ojos.

–¿Lo dices en serio?

–Sí. Lo digo en serio –replicó Conall–. Al margen de los peligros de ser un fumador pasivo, odio el olor a tabaco.

–En ese caso, vete. Nadie te lo va a impedir –replicó Amber antes de encender el mechero para acercarlo al cigarrillo.

Acababa de inhalar la primera calada cuando Conall se acercó a ella de dos zancadas y le quitó sin miramientos el cigarrillo de la boca.

–¿Qué diablos crees que estás haciendo? –espetó Amber, indignada–. ¡No puedes hacer eso!

–Ah, ¿no? Mírame, nena –Conall salió al balcón, apretó la brasa entre el pulgar y el índice y luego arrojó la colilla a una copa de champán vacía que había en un tiesto.

Cuando regresó al interior vio que Amber estaba sacando otro cigarrillo de la cajetilla.

–Tengo muchos más –dijo en tono desafiante.

–Te recomiendo que no pierdas el tiempo, porque voy a quitarte cada cigarrillo hasta que no te quede ninguno.

–¿Y si llamo a la policía y hago que te detengan por allanamiento y acoso?

–Sospecho que solo conseguirías que te acusaran a ti de allanamiento. Tengo la llave, ¿recuerdas?

–Ya te he oído, pero más vale que me expliques por qué –dijo Amber en un tono que no se atrevía a utilizar nadie con Conall desde hacía años–. ¿Quién eres, y por qué te estás comportando como si estuvieras tratando de tomar el control?

–Contestaré a todas tus preguntas en cuanto te vistas.

–¿Por qué? –preguntó Amber a la vez que son-reía, apoyaba una mano en su cadera y adoptaba una pose de modelo–. ¿Tanto te afecta mi aspecto, Conall Devlin?

–Lo cierto es que no... al menos no de la forma que estás sugiriendo. No me excitan las mujeres que fuman y se entregan a desconocidos –replicó Conall, aunque su cuerpo le estaba diciendo justo lo contrario–. Y ya que tengo otras ocupaciones que atender, ¿por qué no haces lo que te digo y luego hablamos?

Por un instante, Amber estuvo a punto de ir hasta el teléfono para cumplir su amenaza, pero lo cierto era que estaba disfrutando con aquella inesperada situación. Sentir algo, aunque solo fuera enfado, era un placer después de llevar tanto tiempo sintiendo tan solo una especie de entumecimiento aterrador, como si no estuviera hecha de carne y hueso, sino de gelatina.

Entrecerró los ojos mientras trataba de recordar la tarde anterior. ¿Sería Conall Devlin uno de los que se había colado en la fiesta que había improvi-sado? No. Definitivamente no. Aquel era una clase de hombre que una no olvidaba nunca.

Los duros rasgos de su rostro habrían sido per-fectos de no ser por la evidencia de una nariz rota en algún momento del pasado. Su pelo era oscuro, aunque no tanto como el de ella, y sus ojos eran del color de la medianoche. Su fuerte mandíbula estaba sombreada por una semibarba que probablemente no se había molestado en afeitar aquella mañana. Y menudo cuerpo... Amber tragó saliva. Daba la sensación de que sería capaz de clavar un pico en un suelo de cemento sin mayor esfuerzo... aunque su inmaculado traje gris tenía aspecto de haber costado una fortuna.

De pronto se hizo consciente del mal aspecto que debía tener y se llevó una mano al rostro. Además debía tener un aliento horrible después de haberse quedado dormida sin cepillarse los dientes... No era así como una quería sentirse estando ante un hombre tan espectacular como aquel.

–De acuerdo –dijo en el tono más despreocupado que pudo–. Voy a cambiarme.

Disfrutó viendo la sorprendida expresión de Conall mientras se encaminaba a su dormitorio. Algunas mujeres habrían alucinado al ser despertadas por un perfecto desconocido, pero para Amber aquello suponía un comienzo de día interesante después de haber sentido que sus días transcurrían en una especie de bruma gris sin sentido alguno. Se preguntó si Conall Devlin estaría acostumbrado a conseguir siempre lo que quería. Probablemente sí, dada su arrogancia. Pero si creía que iba a intimidarla con su actitud de machito mandón, estaba muy equivocado.

Ella no se sentía intimidada por nada ni por nadie.

Veinte minutos después, tras haber tomado una reconfortante ducha, salió del dormitorio vestida con unos vaqueros y una ceñida camiseta blanca. Encontró a Conall cómodamente instalado en un sillón, con un portátil abierto en el regazo.

Cuando la vio le dedicó una mirada que hizo sentirse ligeramente incómoda a Amber.

–Siéntate –ordenó.

–Estás en mi casa, así que no empieces a decirme lo que tengo que hacer. Y no quiero sentarme.

–Creo que sería mejor que lo hicieras.

–No me preocupa lo que creas.

Conall entrecerró los ojos.

–Apenas te preocupa nada, ¿verdad, Amber?

Amber captó un ligero acento irlandés en el tono de Conall y de pronto su curiosidad se transformó en inquietud. Pero decidió sentarse en el sofá que había frente a él, porque de pie se sentía como una colegiala que hubiera tenido que acudir al despacho del director.

–Y ahora, ¿te importaría decirme quién eres?

–Ya te lo he dicho. Soy Conall Devlin –dijo él con una sonrisa–. ¿Sigue sin sonarte el nombre?

Amber se encogió de hombros mientras un vago recuerdo resonaba en su mente.

–Tal vez.

–Conozco a tu hermano Rafe...

–Medio hermano –corrigió Amber con énfasis–. Hace años que no veo a Rafe. Vive en Australia –sonrió sin humor–. Somos una familia muy fragmentada.

–Eso tengo entendido. También trabajé en otra época para tu padre.

–¿Mi padre? –Amber frunció el ceño–. Vaya, pobrecito.

La mirada con que Conall recibió aquel comentario reveló una evidente irritación, algo que complació a Amber.

–En cualquier caso –añadió a la vez que echaba un vistazo totalmente innecesario al reloj de diamantes que brillaba en su muñeca–, no tengo tiempo para esto. Admito que ha sido una manera original de despertar, pero empiezo a aburrirme y tengo una cita para comer con unos amigos, así que corta el rollo y dime por qué estás aquí, Conall. ¿Se debe tal vez a uno de los ataques de mala conciencia de mi padre respecto a sus hijos? ¿Te ha enviado a ver cómo estoy? Si es así, puedes decirle que estoy perfectamente –Amber alzó las cejas al añadir–: ¿O es que ya se ha aburrido de su esposa número seis, si no recuerdo mal? Resulta complicado mantenerse al tanto de su ajetreada vida amorosa.

Mientras escuchaba, Conall se dijo que era lógico que alguien con el complicado pasado de Amber tuviera dificultades para encontrar un camino convencional en la vida. Pensó en lo que su propia madre había tenido que soportar, algo que probablemente estaba más allá de la comprensión de Amber Carter.

Pero sabía que no le haría ningún favor palmeándole la espalda. En realidad estaba deseando tumbarla sobre su regazo para darle unas buenas palmadas en el trasero. Al sentir un rebrote de deseo, decidió que aquello no sería buena idea.

–Acabo de cerrar un negocio con tu padre.

–Seguro que no te lo habrá puesto precisamente fácil –dijo Amber en tono displicente.

–Desde luego –asintió Conall, porque lo cierto era que si algún otro hubiera tratado de imponerle las condiciones que le había impuesto Ambrose Carter para llevar adelante su negocio, no las habría aceptado. Pero la adquisición del edificio que había comprado en aquella parte de Londres no había sido tan solo un sueño largamente acunado hecho realidad.

Lo cierto era que estaba en deuda con el anciano Ambrose Carter, que había sido amable y considerado con él cuando su vida había carecido por completo de amabilidad y consideración. Le había concedido el respiro que había necesitado. Había sido el único en creer en él.

–Me debes una, Conall –había añadido Ambrose tras hacerle su extravagante petición–. Hazme este favor y quedaremos en paz.

Y Conall no había podido negarse. De no ser por Ambrose habría acabado en la cárcel. Su vida habría sido muy diferente.

Contempló los ojos color esmeralda de Amber y trató de ignorar la sensual y tentadora curva de sus labios.

–El negocio que hice con tu padre fue comprar este edificio –dijo sin preámbulos.

Aquello sí llamó la atención de Amber, que de pronto pareció un gato al que acabaran de echar un cubo de agua. Pero no necesitó más que unos segundos para recuperar su arrogancia natural y dedicar una altiva mirada a Conall

–Hace años que mi padre es dueño de este edificio. Fue una de sus inversiones clave. ¿Por qué iba a vendértelo sin decírmelo? Y además a ti...

Conall soltó una risotada carente de humor. Se preguntó si Amber habría considerado menos sorprendente la noticia si el comprador hubiera sido algún rico aristócrata.

—Es posible que le guste hacer negocios conmigo. Y probablemente quiera algo de efectivo para disfrutar de su retiro.

Amber frunció el ceño.

—No sabía que estaba pensando en retirarse.

—Está pensándolo, y eso significa que va a haber una serie de cambios. El principal es que no vas a poder seguir viviendo aquí gratis como hasta ahora.

—¿Disculpa?

—Estás ocupando un apartamento de lujo en una zona exclusiva, un apartamento al que yo podría sacarle mucho dinero. De momento no estás pagando nada, y me temo que ese arreglo ha llegado a su fin.

La expresión de Amber se volvió aún más displicente y altanera, como si la mera mención del dinero fuera algo demasiado vulgar para ella.

—No te preocupes por eso, Conall Devlin. Tendrá su dinero. Solo necesito hablar con mi banco.

Conall sonrió al escuchar aquello.

—Que tengas suerte con eso.

El destello de la mirada de Amber reveló que estaba empezando a enfadarse de verdad.

—Puede que conozcas a mi padre y a mi hermano, pero eso no te confiere la autoridad necesaria para decidir sobre cosas que no son asunto tuyo. Cosas sobre las que no sabes nada, como mis finanzas.

–Sé más de lo que crees sobre eso. Más de lo que probablemente te gustaría.

–No te creo.

–Cree lo que quieras, nena –dijo Conall con suavidad–, aunque pronto averiguarás que es verdad. Voy a ser magnánimo contigo porque hace mucho que conozco a tu padre. Voy a hacerte una oferta.

Amber entrecerró los ojos con expresión suspicaz.

–¿Qué clase de oferta?

–Voy a ofrecerte un trabajo y la oportunidad de redimirte –dijo Conall–. Si aceptas, nos plantearemos la posibilidad de que ocupes un apartamento más adecuado para una mujer trabajadora. Supongo que estarás de acuerdo en que este sería más adecuado para alguien con un sueldo millonario.

Amber lo miró con incredulidad, como esperando que fuera a sonreír y a decirle que todo había sido una broma.

¿Sería así cómo se comportaban los hombres habitualmente con ella?, se preguntó Conall.

¡Por supuesto que sí! Seguro que caían rendidos a sus pies cuando los miraba de aquella manera y chasqueaba sus dedos perfectamente manicurados.

–¿Y si no acepto?

Conall se encogió de hombros.

–Eso complicaría las cosas. Podría concederte un mes de plazo y después me vería obligado a cambiar las cerraduras.

Amber se puso en pie bruscamente y lo miró con ojos llameantes, como si estuviera dispuesta a lanzarse sobre él para destrozarlo con sus garras. El lado más primitivo de Conall deseó que siguiera adelante, que deslizara una mano por su pecho hasta su entrepierna y lo acariciara para luego inclinarse y tomarlo en su boca...

Pero, en lugar de lanzarse sobre él, Amber permaneció quieta tratando de recuperar la compostura. Conall también utilizó el respiro para apartar de su mente aquellas fantasías eróticas.

–Puede que no sepa mucho de leyes –espetó finalmente Amber–, pero sí sé que no se puede dejar a un inquilino en la calle.

–Pero tú no eres una inquilina, y nunca lo has sido –Conall trató de decir aquello sin mostrar su repentina sensación de triunfo. Aunque Amber fuera una niña rica y mimada, a lo largo de las siguientes semanas iba a aprender una de las lecciones más duras de su vida–. Tu padre te ha permitido vivir aquí como un favor, nada más. No firmasteis ningún contrato.

–¡Por supuesto que no! ¡Es mi padre!

–Dejarte el apartamento fue un acto de bondad por su parte. Pero ahora el edificio es mío y, por tanto, tu padre ya no tiene ningún poder sobre la propiedad.

–¡Mi padre no habría hecho algo así sin avisarme! –gritó Amber a la vez que negaba firmemente con la cabeza

–Me dijo que te había enviado una carta para informarte.

Amber lanzó una mirada de evidente angustia al correo sin abrir que había en el escritorio.

Tenía el mal hábito de hacer caso omiso del correo que recibía. Las cartas solían contener malas noticias, y siempre había dado por sentado que quien lo necesitara de verdad se pondría en contacto con ella mediante el correo electrónico.

Lo único que tenía que hacer era hablar con su padre, se dijo, tratando de ignorar la sensación de vértigo que se estaba adueñando de ella. Tenía que haber algún error en todo aquello. O eso, o el cerebro de su padre había dejado de funcionar tan bien como solía hacerlo. De lo contrario, ¿por qué iba a haber vendido una de sus posesiones más preciadas a aquel... matón?

–Te agradecería que te fueras ahora mismo –dijo con toda la calma que pudo.

Conall la miró con expresión burlona.

–¿No te interesa mi oferta? ¿No te atrae la idea de trabajar de verdad por primera vez en tu vida? ¿No quieres aprovechar la oportunidad de demostrar al mundo que eres algo más que una jovencita rica que se dedica a deambular de fiesta en fiesta?

–Preferiría trabajar para el diablo antes que para ti –replicó Amber mientras Conall se levantaba y se acercaba a ella con expresión adusta.

–Pide una cita para verme cuando estés dispuesta a utilizar tu sentido común –dijo a la vez que sacaba una tarjeta de su cartera para dejarla en la mesa.

–Puedes estar seguro de que eso no va a suceder –replicó Amber en tono desafiante mientras sacaba otro cigarrillo de su paquete–. Y ahora haz el favor de irte al diablo.

–Ten por seguro que preferiría bajar al infierno que pasar un minuto más aquí contigo –dijo Conall con suavidad.

La sensación de pánico de Amber no hizo más que aumentar al darse cuenta de que estaba hablando en serio.

Capítulo 2

AMBER trató de contener el temblor de sus manos mientras salía del banco.

Tenía que haber algún error, se dijo, angustiada. No podía creer que su padre hubiera hecho algo tan cruel. Tan dictatorial. No podía creer que hubiera ordenado que congelaran sus cuentas.

Sus protestas habían sido recibidas por parte del director del banco en un silencio que no presagiaba nada bueno y, una vez fuera del edificio, la verdad golpeó a Amber con toda su fuerza.

Estaba arruinada.

El corazón latió con fuerza en su pecho. El director le había entregado una carta de su padre de cuyo texto tan solo recordaba en aquellos momentos una frase:

Conall Devlin ha recibido instrucciones para ofrecerte la ayuda que puedas necesitar.

¿Conall Devlin? Prácticamente tembló de rabia al pensar en aquel bruto que había entrado en su apartamento el día anterior. Prefería morirse de hambre a pedirle ayuda.

No le iba a quedar más remedio que ir a hablar

con su padre. Seguro que la escucharía. Siempre lo hacía.

Pero no pudo evitar una sensación de pánico muy parecida a la que solía experimentar cuando su madre le anunciaba de pronto que iban a trasladarse a otra ciudad, lo que implicaba que ella iba a perder de nuevo los amigos que tanto le había costado conseguir.

Pero no debía dejarse dominar por el pánico. No debía.

Con dedos aún temblorosos, sacó su móvil del bolso y marcó el número de su padre. Pero quien respondió fue Mary Ellen, su secretaria personal, que nunca se había molestado en ocultar el desagrado que le producía la hija de su jefe.

–Qué sorpresa, Amber –saludó con frialdad.

–Hola, Mary Ellen –Amber respiró profundamente antes de continuar–. Necesito hablar con mi padre urgentemente. ¿Está ahí?

–Me temo que no.

–¿Sabes cuándo volverá, o dónde puedo localizarlo?

–Me temo que eso no va a ser tan fácil –contestó Mary Ellen tras una pausa–. Tu padre se ha ido a un áshram en la India.

Amber dejó escapar un bufido de incredulidad.

–¿Mi padre? ¿En un áshram? ¿Practicando yoga y comiendo comida vegetariana? Supongo que estás bromeando.

–No estoy bromeando –replicó Mary Ellen secamente–. Ha pasado semanas tratando de ponerse en contacto contigo. También te ha dejado la carta de un abogado en el banco. ¿La tienes?

–Sí.

–En ese caso, te sugiero que sigas su consejo y te pongas en contacto con Conall Devlin. Él podrá ayudarte en ausencia de tu padre. Es...

Con un gruñido, Amber cortó la comunicación y arrojó con rabia el teléfono al fondo de su bolso mientras se ponía a caminar rápidamente sin pensar adónde iba. ¡No quería que Conall Devlin la ayudara! ¿Por qué no dejaba de escuchar su nombre en todas partes, como si fuera una especie de dios? ¿Y por qué se estaba comportando ella como una víctima impotente solo porque estuvieran surgiendo algunos obstáculos en su camino?

Le habían sucedido cosas peores en su vida. Había sobrevivido a una infancia de pesadilla, y los problemas no acabaron después de aquello. Pero no debía detenerse a recordar aquello. Lo que necesitaba era pensar con claridad. Tenía que volver al apartamento a planificar una estrategia hasta que diera con su padre, algo que pensaba hacer a toda costa. Apelaría a su buen juicio y al sentido de culpabilidad del que no había logrado librarse después de haberla echado a ella y a su madre a la calle. No era posible que estuviera planeando hacerlo por segunda vez. ¡Y no podía creer que le hubiera congelado las cuentas!

Tomó el metro y, tras bajar en la estación más próxima al apartamento, pasó por la tienda más cercana para comprar algunas provisiones y tabaco. Y allí se llevó una nueva y desagradable sorpresa al comprobar que, efectivamente, su tarjeta no funcionaba. Abochornada, rebuscó en su bolso y solo encontró el dinero necesario para pagar el tabaco, que fue lo único que se llevó de la tienda.

Lo primero que hizo al llegar a su apartamento fue encender un cigarrillo, y lo segundo, enviar un mensaje de texto a Rafe, su medio hermano, mientras trataba de recordar qué hora sería en Australia.

¿Qué sabes de un hombre llamado Conall Devlin?

Teniendo en cuenta que llevaban casi un año sin mantenerse en contacto, Amber se llevó una agradable sorpresa al ver que su hermano respondió casi de inmediato.

Era mi mejor amigo en el instituto, ¿por qué?

De manera que aquel era el motivo por el que le sonaba el nombre. Rafe era once años mayor que ella y ya se había ido de casa cuando ella regresó a esta siento una atribulada adolescente de catorce años. Recordaba a su padre hablando de un chico irlandés surgido de los bajos fondos al que había decidido contratar a pesar de todo. ¿Sería Conall Devlin aquel chico?

Habría querido preguntarle más cosas a su hermano, pero lo más probable era que Rafe estuviera en alguna playa dorada, bebiendo champán rodeado de mujeres preciosas. ¿Debía informarle de que se había quedado sin casa y de que el irlandés había amenazado con cambiar las cerraduras de su apartamento? Pero, teniendo en cuenta que Rafe y Conall habían sido buenos amigos, ¿la creería?

Se oyó un «pin» cuando recibió otro mensaje de texto.

¿Por qué me estás escribiendo en plena madrugada?

Amber se mordió el labio. ¿Qué sentido tenía seguir con aquello? ¿Acaso esperaba que Rafe le ingresara dinero en la cuenta? Porque sabía que lo más probable era que no quisiera hacerlo. Rafe era una de las personas que siempre le había dado la lata para que consiguiera un trabajo. ¿No era ese uno de los motivos por los que había dejado de estar en contacto con él? ¿Porque le recordaba cosas que prefería no escuchar?

Solo quería saludar, tecleó.

Saludos para ti también. Me alegra tener noticias tuyas. Hasta pronto. X

Inexplicablemente, los ojos de Amber se llenaron de lágrimas mientras tecleaba:

De acuerdo. Hasta pronto. X

Aquello era lo único bueno que le había pasado aquel día, pero la sensación apenas duró. Desconsolada, se sentó en el suelo y terminó su cigarrillo. ¿Cómo podía haberse ido su padre a la India dejándola en aquella situación?

Sopesó las alternativas que tenía y llegó a la conclusión de que apenas había alguna. Podía pedir a alguien que la alojara temporalmente en su casa, ¿pero durante cuánto tiempo? Y no podía hacer aquello sin tener dinero para colaborar con los gastos. Todo el mundo acabaría mirándola con mala cara. Y si no podía pagar la entrada de los clubes nocturnos que solía frecuentar, todos sus conocidos acabarían cotilleando sobre ella. En los círculos sociales en los que se movía, estar en la ruina era la muerte social.

Miró el reloj de diamantes que brillaba en su muñeca, el regalo que recibió al cumplir los dieciocho años y que no sirvió para consolarla en un momento muy deprimente de su vida. Entonces aprendió que, por bellas que fueran, las joyas no servían para aliviar el dolor del alma.

Pensó en la posibilidad de empeñarlo, pero sospechaba que se llevaría una desilusión con la cantidad que fueran a ofrecerle. La gente que trataba de conseguir dinero con joyas era vulnerable, y ella sabía mejor que nadie que los vulnerables existían para que se aprovecharan de ellos.

Recordó las palabras de su padre en la carta. *Habla con Conall Devlin.* A pesar de que todos sus instintos le gritaban que eso era lo último que debía hacer, se temía que no iba a tener otra opción que recurrir a él.

Bajó la mirada hacia su arrugada vestimenta y se humedeció los labios al sentir un miedo instintivo. No le gustaban los hombres. Tenía motivos para no fiarse de ellos. Pero conocía sus debilidades. Su madre no le había enseñado muchas cosas, pero sí se empeñó en meterle en la cabeza que los hombres siempre eran susceptibles a una mujer indefensa e impotente.

Se levantó con decisión y fue a tomar una ducha. Salió dispuesta a vestirse con más esmero del que había utilizado en mucho tiempo.

Recordó la desdeñosa mirada de los ojos color azul marino de Conall Devlin cuando le dijo que no le gustaban las mujeres que fumaban y hacían ostentación de su cuerpo. De manera que buscó en su armario un vestido color azul marino que solo había utilizado en alguna de sus fallidas entrevistas de trabajo. Tras ponérselo se maquilló un poco y se sujetó el pelo en un recatado moño.

Al mirarse en el espejo apenas se reconoció. ¡Casi parecía una doble morena de Julie Andrews en *Sonrisas y Lágrimas*!

Las oficinas de Conall Devlin se hallaban en una tranquila y sorprendentemente pintoresca calle en Kensington. Amber no sabía con exactitud qué había esperado, pero desde luego no había sido un edificio de época restaurado cuyo sereno exterior no dejaba traslucir el inconfundible ambiente de éxito con que se encontró al entrar.

El vestíbulo de entrada tenía un techo alto y una

segunda planta abalconada a la que se accedía a través de una amplia escalera curva de madera. Había un escritorio transparente ante un cuadro moderno en el que aparecía una mujer acariciando el cuello de una cabra. Junto a este había otro lienzo con una brillante imagen de Marilyn Monroe que Amber reconoció enseguida.

Todo en aquel lugar parecía a la última, de moda y Amber se sintió de pronto como un pez fuera del agua con su conservador aspecto. Tampoco ayudó la recepcionista rubia con un minivestido en diferentes tonalidades verdes que le dedicó una sonrisa desde detrás de su escritorio transparente.

–¡Hola! ¿Puedo ayudarla?

–Quiero ver a Conall Devlin –dijo Amber sin preámbulos.

La rubia pareció un poco sorprendida.

–Me temo que Conall va a estar ocupado casi todo el día –replicó la rubia, menos sonriente–. ¿No tiene una cita?

Amber experimentó una oleada de sensaciones, pero la más fuerte fue la de sentirse «menos que». Como si no tuviera derecho a estar allí. Como si no tuviera derecho a estar en ningún sitio.

Pero ya era demasiado tarde para echarse atrás, de manera que dejó su bolso en una de las modernas sillas que había a su lado y miró a la recepcionista con expresión desafiante.

–No tengo una cita formal, pero necesito verlo con urgencia, de manera que, si no le importa, me sentaré aquí a esperar.

La rubia frunció ligeramente el ceño.

—Sería mejor que viniera más tarde.

Amber se sentó en la silla que había junto a la que había dejado el bolso.

—No voy a irme a ningún sitio. Necesito ver a Conall y es urgente, así que esperaré. Pero no se preocupe; tengo todo el día –dijo, y a continuación tomó una de las revistas que adornaban la mesa y simuló ponerse a leer.

Notó que la rubia se había puesto a teclear en su ordenador. Probablemente estaría enviando un correo a Conall. Llamarlo habría resultado incómodo estando ella tan cerca.

Unos momentos después oyó el sonido de una puerta abriéndose en la planta de arriba y a continuación unos pasos en la escalera. Escuchó cómo se acercaban estos más y más, pero no alzó la vista hasta que estuvo segura de que se acercaban a ella.

Lo que vio la dejó sin aliento, y no pudo hacer nada al respecto, porque el día anterior no esperaba verlo y en aquellos momento sí, por lo que debería haber estado prevenida. Su corazón latió con la fuerza de un yunque en su pecho y la boca se le volvió de polvo a la vez que unos sentimientos totalmente desconocidos para ella comenzaban a adueñarse de su cuerpo. En su propio territorio, Conall Devlin resultaba aún más intimidante que el día anterior, y eso era mucho decir.

Vestía un jersey de cachemira negro y unos vaqueros también negros que ceñían su estrecha cintura y enfatizaban sus largas y musculosas piernas.

Su oscura presencia solo parecía enfatizar el sentido de poder que emanaba de él como un aura. En contraste con aquella oscuridad, su piel parecía aún más dorada de lo que Amber recordaba, pero sus ojos del color de la medianoche estaban entrecerrados y la expresión de su adusto rostro no dejaba entrever nada.

–Creía haberte dicho que pidieras una cita... aunque no recuerdo si eso fue antes o después de que me mandaras al diablo –Conall esbozó una extraña sonrisa–. Y ya que, como habrás podido comprobar, este es el lugar más alejado del infierno que puedas imaginar, me pregunto qué estás haciendo aquí, Amber.

Amber miró los ojos de Conall y trató de no pensar en que brillaban como zafiros, ni en la fuerza que emanaba de sus duras facciones. Parecía tan poderoso, tan implacable... como si él tuviera todas las cartas y ella ninguna. Aquello le hizo recordar que le convenía adoptar un tono conciliador en lugar de ponerse levantisca.

–He estado en el banco.

La sonrisa de Conall no fue especialmente amistosa.

–Y supongo que te habrán informado de que tu padre te ha cerrado definitivamente el grifo, ¿no?

–Sí –murmuró Amber.

–¿Y?

Conall espetó aquel monosílabo como una bala y Amber empezó a preguntarse si debería haberse puesto algo un poco más descocado y atrevido.

«Ya que te has vestido como una pobre huerfa-
nita, al menos empieza a comportarte como si lo
fueras», se dijo.

—No sé qué voy a hacer –dijo con un ligero temblor en la voz no totalmente simulado.

Conall frunció los labios.

—Podrías tratar de trabajar, como hace el resto de
los humanos.

—Pero yo... El problema es que es imposible em-
plearme –dijo Amber en tono resignado–. El mer-
cado de trabajo es muy duro, y yo carezco de las
muchas cualidades que buscan quienes ofrecen trabajo –antes de continuar carraspeó ligeramente–.
Las cosas están realmente mal, Conall. No logro
localizar a mi padre, mis cuentas están congeladas
y... no tengo ni para comer –concluyó dramática-
mente.

—Pero supongo que aún puedes fumar, ¿no?

Amber echó la cabeza atrás y entrecerró los ojos.

—No te molestes en negarlo –continuó Conall–.
Puedo oler el tabaco desde aquí, y me pone en-
fermo. Es un hábito repugnante, y tendrás que de-
jarlo.

Amber tuvo que hacer verdaderos esfuerzos para
mantener la calma. «Se dócil», se dijo a sí misma.
«Deja que crea lo que quiere creer».

—Por supuesto. Lo dejaré si me ayudas.

—¿Lo dices en serio?

Amber se mordió el labio inferior y asintió a la
vez que abría mucho los ojos.

—Por supuesto.

Conall asintió brevemente.

—No estoy seguro de creerte, pero si estás tratando de jugar conmigo te advierto que es mala idea y que más te valdría volver a marcharte por donde has venido. Sin embargo, si estás realmente receptiva y dispuesta a cambiar, te ayudaré. ¿Quieres que te ayude, Amber?

Haciendo un esfuerzo sobrehumano, Amber asintió.

—Supongo que sí.

—Bien. En ese caso, sube a mi despacho para decidir qué vamos a hacer contigo —Conall se volvió hacia la recepcionista rubia—. Haz el favor de no pasarme llamadas hasta que te avise, Serena.

Capítulo 3

EL DESPACHO de Conall Devlin tampoco se parecía nada a lo que Amber había imaginado. Se quedó momentáneamente muda al encontrarse en una habitación maravillosamente decorada que daba a la calle por un lado y a un precioso jardín por el otro.

Las paredes eran de color gris ostra, un fondo perfecto para las pinturas que colgaban de las paredes. Amber parpadeó mientras miraba a su alrededor. Era como estar en una galería de arte. No había duda de que Conall conocía el mundo del arte moderno, ni de que tenía un ojo magnífico para elegir las pinturas. Su escritorio curvado también era una obra de arte en sí mismo, y en un rincón de la habitación había una escultura moderna de una mujer desnuda realizada en alguna clase de resina. Amber apartó rápidamente la vista de la estatua porque había algo incómodamente sensual en la forma en que la mujer tomaba uno de sus pechos entre sus dedos.

Cuando volvió la mirada hacia Conall vio que este la observaba atentamente. Cuando señaló una silla para que se sentara Amber intuyó que verse sometida directamente a aquella burlona mirada sería inaguantable.

«Empieza a recuperar tu poder», se dijo. «Sé dulce. Haz que desee ayudarte». Conall Devlin era lo suficientemente rico como para echarle una mano hasta que su padre volviera de la India.

En lugar de sentarse, Amber fue hasta una de las amplias ventanas del despacho y simuló contemplar atentamente el exterior.

–No tengo todo el día –advirtió Conall–, así que será mejor que vayamos directos al grano. Y antes de que empieces a agitar esas largas pestañas y a mirarme como una colegiala, algo que ya te advierto que no me va a afectar en lo más mínimo, deja que te aclare algunas cosas. No voy a darte dinero sin que tú me des algo a cambio, y no voy a permitirte conservar un apartamento que es demasiado grande y lujoso para ti. De manera que si el único propósito de esta intempestiva visita es camelarme para que te deje dinero, estás perdiendo el tiempo.

Amber se quedó momentáneamente sin habla. No recordaba que nadie le hubiera hablado así en la vida. Hasta los cuatro años había sido una princesa viviendo en un palacio, pero su vida se convirtió en una pesadilla cuando sus padres se separaron. Los diez años siguientes fueron horribles. Cuando volvió a la casa de su padre tras el accidente de su madre, todo el mundo se dedicó a andar de puntillas a su alrededor.

Nadie había sabido cómo tratar a una adolescente enfadada y dolida. La autoestima y confianza en sí misma que había mostrado desde niña se habían esfumado. Sus estados de ánimo se volvieron impredecibles y no tardó en darse cuenta de que podía conseguir lo que quisiera de quienes la rodeaban. Tan solo tenía que hacer que sus labios temblaran de cierta manera para conseguir que se desvivieran por ella. También comprobó que frotar un pie obsesivamente contra el suelo como si este contuviera en su interior los secretos del universo resultaba muy efectivo, porque hacía que la gente se preocupara por ella y quisiera hacerle salir de ese estado.

Pero había algo en Conall Devlin que le hizo comprender que aquellas tretas no le servirían de nada con él. Su mirada era demasiado perspicaz e inteligente, y casi parecía capaz de leer sus pensamientos... pensamientos que no le habrían gustado en lo más mínimo.

–¿Y cómo se supone que voy a sobrevivir entonces? –preguntó en tono desafiante a la vez que alzaba una muñeca para mostrarle su reloj de diamantes–. ¿Quieres que empiece a empeñar los pocos objetos valiosos que poseo?

Conall esbozó una burlona sonrisa antes de apoyar ambas manos en su escritorio y dedicarle una sombría mirada.

–¿Por qué no me ahorras ese rollo y empiezas a explicarme algo de todo esto? –preguntó mientras sacaba un sobre grande de un cajón y arrojaba su contenido sobre el escritorio.

Amber contempló con inquietud la colección de

fotos y recortes de revistas que quedaron esparcidos sobre este.

—¿De dónde has sacado todo eso?

—Me las dio tu padre —contestó Conall sin molestarse en ocultar el desagrado que le producían.

Amber sabía que había aparecido en varias revistas de cotilleo, y que su nombre se había mencionado en varios artículos, pero nunca había visto todos juntos. Había montones de fotos suyas saliendo de clubes nocturnos, visitando galerías de arte, cenando en exclusivos restaurantes. En cada una de ellas sus vestidos parecían demasiado cortos, y su expresión demasiado alocada. Pero el destello de las cámaras era algo que odiaba y adoraba en igual medida. ¿Acaso no había agradecido siempre que alguien se preocupara por ella lo suficiente como para sacarle fotos, algo que servía para confirmarle que no era invisible? Sin embargo, también la hacía sentirse como una mariposa que hubiera entrado por error volando en la sala de un coleccionista.

Cuando volvió a mirar a Conall vio la expresión de evidente condena de sus oscuros ojos.

«No permitas que vea la grieta en tu armadura», se dijo con firmeza. «No le des ese poder».

—Son bastante buenas, ¿verdad? —dijo Amber en tono despreocupado mientras ocupaba la silla que había ante el escritorio.

Conall podría haber dado un puñetazo sobre la mesa en aquel momento debido a la frustración, porque Amber le pareció una desvergonzada. Era aún peor de lo que había imaginado. ¿Se creería que era un estúpido? Además, estaba seguro de que se había vestido como una especie de monja para tratar de ablandarlo. Y lo más absurdo era que, en un aspecto subliminal, la treta le estaba funcionando, porque se sentía prácticamente incapaz de apartar los ojos de ella.

Con su espeso pelo negro apartado del rostro podía ver a la perfección la forma ovalada de su rostro a la vez que recibía de lleno la mirada de sus increíbles ojos color esmeralda, enmarcados por unas largas pestañas. ¿Sería consciente de que tenía la clase de aspecto que podía hacer que los hombres quisieran luchar por ella? Por supuesto que lo era, y probablemente llevaba manipulando aquella belleza desde su pubertad.

Cuando Ambrose le había enseñado las fotos de su hija tras pedirle que se ocupara de ella, Conall se había excitado de inmediato de una forma totalmente visceral. Había habido una foto en particular en la que Amber lucía un diminuto vestido blanco con una expresión intensamente inocente y al mismo tiempo provocativa.

–Consigue a algún otro para que se ocupe de ella –había dicho de inmediato, culpabilizado por su reacción.

–No conozco a nadie más capaz de manejarla –había contestado Ambrose con evidente candidez–. Y no confío en nadie tanto como en ti.

Que Ambrose confiara en que él podía hacer lo correcto con su hija había sido lo peor de todo, porque aquello había hecho que Conall se comprometido a ser honorable y a comportarse decentemente con el hombre que lo había salvado de una vida criminal.

–Amber necesita aprender a llevar una vida decente y a dejar de vivir a costa de otras personas, y tú vas a ayudarla a conseguirlo –había añadido Ambrose.

¿Pero cómo iba a lograr cumplir con su promesa si en lo único que lograba pensar era en soltarle el pelo, en tomarla entre sus brazos para besarla hasta dejarla sin aliento, en sujetarle las caderas con las manos mientras la penetraba una y otra vez hasta hacerle gritar de placer?

¿Qué podía hacer? ¿Renunciar a su promesa o seguir adelante? Pero sabía que aquella pregunta era meramente retórica, porque renunciar no era una opción para él.

Tal vez podría transformar aquello en un ejercicio de autocontención.

Pensó en la pregunta que acababa de hacer Amber. Bajó la mirada hacia las fotos y señaló una en que Amber aparecía sentada sobre los hombros de un hombre mientras alzaba una botella de champán en la mano.

–Son buenas si quieres ser retratada como una cabeza de chorlito, pero seguro que no quedaría bien en tu currículum vitae.

–Supongo que el tuyo está completamente inmaculado ¿no? –dijo Amber en tono ácido.

Conall la miró un momento con expresión de

curiosidad. ¿Le habría hablado Ambrose de las zonas oscuras de su currículum? Él tenía sus propios demonios con los que luchar.

Pero Amber no dijo nada y se limitó a seguir mirándolo con la expresión retadora que estaba haciendo hervir la sangre de Conall.

–Esto se trata de ti. No de mí.

–En ese caso soy todo oídos –dijo Amber con sarcasmo.

–Probablemente esa es la primera cosa razonable que has dicho en todo el día –Conall se apoyó contra el respaldo de su asiento y la observó un momento–. Esto es lo que te propongo. Es evidente que necesitas un trabajo para pagar la renta y demás, pero, como tú misma has reconocido, tu currículum, o, más bien, tu ausencia de currículum, no te va a facilitar las cosas para conseguirlo. De manera que lo que te propongo es que vengas a trabajar para mí. Es sencillo.

Amber se quedó muy quieta porque, así expresado, sonaba realmente sencillo. Parpadeó mientras sentía un primer destello de esperanza. Miró en torno al bellamente proporcionado y decorado despacho de Conall y detuvo la mirada en el jarrón lleno de flores frescas que adornaba el escritorio. Se preguntó si las habría puesto allí la rubia del minivestido.

De pronto tuvo las mismas sensaciones que solía experimentar cuando alguna amiga cuyos padres no se habían separado la invitaba a pasar el fin de semana en su casa. La sensación de que estaba obser-

vando desde fuera un mundo perfectamente ordenado en el que todo funcionaba como se suponía
que debía funcionar. Y Conall Devlin le estaba
ofreciendo un lugar en aquella clase de mundo.

–No sé muy bien a qué negocios te dedicas.

–Vendo casas y apartamentos en Londres y
tengo oficinas en París y Nueva York. Pero mi gran
pasión es la pintura, como habrás podido observar.

–Sí –dijo Amber educadamente, incapaz de
ocultar una nota de asombro en su tono que Conall
captó de inmediato.

–Pareces sorprendida.

Amber se encogió de hombros.

–Supongo que lo estoy.

–¿Porque no doy el tipo? –Conall alzó burlonamente sus cejas–. ¿Porque carezco de un título y no
llevo un traje a rayas?

–Cuidado señor Devlin... ese complejo que lleva
a las espaldas parece estar volviéndose demasiado
pesado.

Conall rio sinceramente al escuchar aquello y
Amber se enfadó consigo misma por el placer que
experimentó al escucharlo. ¿Por qué le agradaba
tanto haber hecho reír a aquel autoritario irlandés?

–Solo me intereso por el arte del siglo xx y compro para mí mismo, pero de vez en cuando consigo
alguna pieza para clientes o amigos. Actúo de intermediario.

–¿Por qué te necesitan como intermediario?

–Porque en las compras relacionadas con el arte
no solo importa la negociación; también es impor-

tante ser capaz de cerrar el trato. Y eso es algo que se me da bien. Algunas personas para las que compro son muy ricas y a veces prefieren comprar anónimamente para que no les cobren cantidades astronómicas –Conall sonrió–. A veces también quieren vender anónimamente y acuden a mí para que los ayude a conseguir el máximo precio posible.

Amber cruzó las manos sobre su regazo. Tampoco tenía por qué resultar tan duro trabajar para él. La única desventaja sería que tendría que tratar con él, pero el apartado de las ventas parecía pan comido.

–Yo podría ocuparme de eso –dijo, segura de sí misma.

Conall entrecerró los ojos.

–¿De qué?

–De vender casas y apartamentos.

Conall la miró atentamente.

–¿Así como así?

–Por supuesto. Tampoco debe ser tan difícil.

–¿Crees que voy a dejar a alguien como tú suelto en un negocio que he tardado quince años en sacar adelante? –preguntó Conall a la vez que se pasaba la mano por el pelo con evidente irritación–. ¿Crees que la venta de algo tan caro puede dejarse en manos de alguien que nunca ha tenido un trabajo y que se ha pasado la vida entrando y saliendo de clubes nocturnos?

Amber habría querido tomar el florero y vaciar el contenido en su cabeza antes de levantarse para salir de allí dando un portazo y con la intención de no volver a ver el atractivo rostro de Conall Devlin nunca más. Pero aquello no habría servido precisamente para ayudarla a proyectar la imagen que pretendía. Quería que Conall creyera que podía ser una persona tranquila, serena. Quería que viera un destello de la nueva y eficiente Amber, que no iba a alterarse por los insultos de un hombre que no significaba nada para ella. Conall Devlin tan solo era un medio para conseguir un fin.

–Siempre puedo aprender –dijo–. Pero si crees que se me daría mejor ocuparme de vender y comprar algunos cuadros, me gustaría intentarlo. Me gusta la pintura.

Amber creyó captar un destello en la mirada de Conall cuando escuchó aquello.

–Negociar en el mundo del arte implica más habilidades que «vender y comprar algunos cuadros» –repitió Conall irónicamente–. Además, tengo otros planes para ti –añadió a la vez que bajaba la mirada hacia un papel que tenía en la mesa–. Tengo entendido que hablas varios idiomas.

–Ahora pareces tú el sorprendido.

Conall encogió sus anchos hombros.

–Supongo que sí. No te tenía por una lingüista, con todas las horas de estudio que eso debe implicar.

–Hay más de una manera de aprender idiomas, y yo no lo he hecho a base de estudiar, sino gracias a la debilidad de mi madre por los hombres de los países mediterráneos. De niña viví en los países a los que mi madre acudía atraída por alguno de esos amores –Amber rio con amargura–. Y te aseguro que hubo varios. Y yo aprendí los idiomas locales. Fue una mera cuestión de supervivencia.

Conall la miró pensativamente.

–Supongo que eso debió ser duro.

Amber negó con la cabeza, más por costumbre que por otra cosa. La compasión, o lo que fuera, le hacía sentirse muy incómoda. Le hacía recordar a tipos como Marco, o Saros, o Pierre... algunos de los hombres que habían roto el corazón de su madre de forma tan definitiva y se habían ido dejándola a ella sola para tratar con su desconsolada madre.

–Tampoco fue para tanto –dijo en tono aburrido–. Sé decir «querido» en italiano, griego y francés, y también conozco un montón de variaciones sobre «eres un completo miserable».

La frivolidad del tono de Amber pareció molestar a Conall, que volvió a mirar la hoja que tenía sobre el escritorio.

–Te aseguro que no te voy a necesitar para revivir ninguno de esos sentimientos –dijo sin mirarla–. Pero antes de plantearte las condiciones del trabajo que podría ofrecerte, quiero algunas garantías por tu parte.

–¿Qué clase de garantías?

–En mi organización no hay lugar para cabos sueltos ni princesas petulantes que dicen lo primero que se les viene a la cabeza. Trato con gente a la que hay que manejar con mucho cuidado y necesito saber que eres capaz de demostrar tu capacidad de criterio y tacto antes de hacerte mi propuesta. De momento, la única impresión que tengo es que eres bastante... difícil.

Amber se sintió más dolida de lo que habría esperado por aquellas palabra, y por la mirada que le estaba dedicando Conall, que parecía estar diciendo que alguien como ella no tenía derecho a existir. Además, el hecho de que Conall Devlin tuviera un aspecto tan espectacular, un cuerpo tan magnífico y unos labios que estaban haciendo volar peligrosamente su imaginación, no le estaban facilitando las cosas. Su cuerpo estaba reaccionando de una forma a la que no estaba acostumbrada, y que apenas podía controlar. Y eso que aquel hombre ni siquiera le gustaba.

Sintió una conocida sensación de rebeldía acumulándose en su interior, a la vez que una voz susurraba en su cabeza que no tenía por qué aguantar su dictatorial actitud. Podía demostrarle que era una superviviente. Era posible que no tuviera la pared cubierta de títulos, pero no era ninguna estúpida. ¿Tan difícil podía resultar encontrar un trabajo y un lugar en que vivir? Lo único que tenía que hacer era recuperar la resistencia y capacidad de adaptación que desarrolló mientras su madre la arrastraba de ciudad en ciudad.

Se puso en pie y tomó su bolso sin dejar de sentirse intensamente consciente de la mirada de Conall.

—Puede que no esté cualificada —dijo con firmeza—, pero no estoy desesperada. Tengo los recursos necesarios para encontrar un empleo que no implique trabajar para un hombre con un sentido exagerado de su propia importancia.

Conall rio con suavidad.

—¿Entonces tu respuesta es no?

—Más bien está en la línea de «ni en tus sueños». Y no va a suceder. Soy perfectamente capaz de arreglármelas de forma independiente, y eso es lo que pienso hacer.

—Eres magnífica, Amber —dijo Conall lentamente—. Esa clase de espíritu en una mujer es algo muy poderoso, y si no apestaras a tabaco y sintieras que el mundo está en deuda contigo, resultarías preocupantemente atractiva.

Amber se sintió momentáneamente confundida. ¿La estaba insultando o le estaba haciendo un cumplido?

Tras fulminarlo con la mirada, giró sobre sus talones y salió del despacho con un sonoro portazo, lo que no le impidió escuchar el sonido de la risa de Conall a sus espaldas. Absurdamente, se sintió como alguien que hubiera saltado de un avión en pleno vuelo y hubiera olvidado ponerse el paracaídas.

«Ya se lo demostraré», se dijo con rabia. «Ya les demostraré a todos de qué soy capaz».

Capítulo 4

¡LO SIENTO! –Amber limpió con un trapo el champán derramado sobre la mesa mientras el cliente con ojos de cerdito seguía cada uno de sus movimientos–. Enseguida le traigo otra bebida.

–¿Por qué no te sientas conmigo y nos olvidamos de la bebida? –dijo el cliente a la vez que palmeaba el asiento a su lado.

Amber negó con la cabeza y trató de ocultar su sensación de asco.

–Se supone que no debo relacionarme con los clientes –dijo a la vez que tomaba la bandeja y giraba sobre sí misma para encaminarse cuidadosamente hacia la barra del bar.

Estaba acostumbrada a llevar tacones, pero los de los zapatos rojos que calzaba eran tan altos que hacía falta estar muy concentrado para no caerse. Tampoco ayudada el ceñido y corto vestido negro que completaba su uniforme.

Y, por la mirada que le dedicó el dueño, dedujo que había visto lo sucedido. Apretó los dientes mientras se preguntaba cómo había sido capaz de rechazar el trabajo que le había ofrecido Conall Devlin. ¿De verdad había creído que el mundo se pondría a sus pies en cuanto se propusiera encontrar un trabajo? Porque no había tardado en descubrir que los únicos trabajos disponibles para quienes carecían de un currículum vitae se encontraban en lugares como aquel, un club nocturno escasamente iluminado donde nadie parecía feliz.

—¡Es la tercera bebida que tiras esta semana! —dijo el dueño con evidente irritación cuando Amber se acercó—. ¿Dónde aprendiste a ser tan patosa?

—Me he... movido demasiado deprisa. He pensado que el cliente me iba a pellizcar el trasero.

—¿Y? ¿Cuál es el problema? ¿Acaso no está bien que un hombre muestre su aprecio por una mujer atractiva? ¿Para qué crees que te vestimos así? Voy a descontarte el precio de la bebida de tu sueldo, Amber. Y ahora, ve a reponerle la bebida y muéstrate más amistosa con él.

Amber sintió la fuerza de los latidos de su corazón mientras el dueño servía un champán infecto en una copa.

«Limítate a dejar la copa en la mesa y luego vete», se dijo mientras se encaminaba de nuevo hacia le mesa del hombre con los ojos de cerdito.

Pero en cuanto se inclinó para dejar la copa en la mesa, el hombre alargó una mano y curvó sus gruesos dedos en torno a la malla que cubría uno de sus muslos.

—¿Qué... qué hace?

—Oh, vamos —dijo el hombre a la vez que le dedicaba una lasciva sonrisa—. No hace falta que te pongas así. Sería un crimen no tocar unas piernas tan atractivas, y creo que te vendría bien una buena comida. ¿Por qué no subes a mi habitación cuando acabes? Podríamos pedir que nos subieran algo de comer y luego...

–¿Y qué le parecería apartar sus sucias manos de ella ahora mismo? –murmuró una voz grave y evidentemente furiosa tras Amber, una voz que ella reconoció de inmediato.

Al volverse y ver a Conall Devlin de pie a sus espaldas, evidentemente furioso y con su poderoso cuerpo irradiando adrenalina, Amber experimentó un intenso e involuntario alivio. Parecía tan fuerte, tan poderoso... Su corazón empezó a latir con fuerza y sintió que se le secaba la boca.

–¡Conall! –murmuró–. ¿Qué haces aquí?

–Te aseguro que no he venido a tomar una copa. Tiendo a ser más selectivo con los locales que frecuento –contestó Conall a la vez que miraba a su alrededor sin molestarse en ocultar su desdén–. Ve por tu abrigo, Amber. Nos vamos.

–No puedo irme. Estoy trabajando.

–Ya no, al menos aquí. Y el tema no está abierto a discusiones, así que ahórrate el aliento. O vienes por las buenas, o te cargo sobre un hombro y te saco de aquí como si fueras un fardo.

Amber se preguntó si estaría volviéndose loca, porque la imagen de aquel fuerte irlandés cargando con ella como un cavernícola hizo que su corazón latiera aún más deprisa.

Al ver de reojo que el dueño del club estaba hablando en la barra con un tipo notablemente robusto, empezó a temer que se produjera alguna escena. ¿Y si Conall se enzarzaba en una pelea con puñetazos, vasos volando y todo lo demás?

–Voy por mi abrigo –dijo rápidamente.

–Date prisa –dijo Conall, impaciente–. Este lugar me pone la carne de gallina.

Amber fue rápidamente a su diminuto vestuario y se desvistió para ponerse rápidamente los vaqueros y el jersey con el que había acudido al club.

Cuando regresó suspiró aliviada al ver que Conall seguía allí. El dueño le estaba entregando en aquellos momentos un pequeño fajo de billetes. Su avinagrada expresión revelaba que no lo estaba haciendo por gusto.

–Vámonos –dijo Conall en cuanto la vio.

–Conall...

–Ahora no, Amber. No quiero hablar contigo en este lugar.

La evidente determinación de Conall hizo que Amber se limitara a seguirlo hasta que estuvieron en la calle. Fuera hacía una deliciosa noche de primavera. Amber aspiró una bocanada de aire con auténtico placer mientras un coche con chófer se detenía en la acera junto a ellos.

–Entra –ordenó Conall, y Amber se preguntó si se habría pasado toda la vida ladrando órdenes.

Pero hizo lo que le pedía y cuando entró en el coche experimentó una extraña sensación de alivio al verse rodeada de un nivel de lujo que resultaba reconfortantemente familiar. Un lujo con el que siempre había podido contar hasta que su padre y

Conall se habían confabulado para quitárselo. Miró un momento el duro perfil de Conall y la gratitud que había experimentado hacía unos momentos se transformó en resentimiento.

–¿Cómo me has encontrado? –preguntó mientras el coche se ponía en marcha.

–Hice que uno de mis hombres estuviera al tanto de tus andanzas.

–¿Por qué?

–¿Tú qué crees? ¿Tal vez porque eres tan irresistible que no he podido mantenerme alejado de ti? Esperaba haber podido contarle a tu padre lo bien que te había ido tras tu dramática marcha de mi oficina –Conall rio sin humor–. ¡Menuda esperanza! ¡Debería haber supuesto que elegirías el peor camino para conseguir dinero fácil!

–¿Y por qué te has molestado en venir a por mí si ya me tienes catalogada como una completa inútil?

Conall no respondió de inmediato, porque lo cierto era que aún no tenía muy clara la respuesta. Lo cierto era que, a pesar de sí mismo, había admirado el orgullo con que Amber se había ido de su despacho sin mirar atrás. La había imaginado fregando suelos, o pasándose el día de pie en una caja registradora antes que trabajando para él. Y eso le había gustado.

Pero se había equivocado, por supuesto. Amber había buscado la solución rápida. Había aprovechado la oportunidad para encajar su magnífico cuerpo en un vestido que apenas dejaba nada a la imaginación y encontrar trabajo fácil en un lugar inmundo.

–Me siento en parte responsable de ti.

–¿Por mi padre?

–Claro. ¿Por qué si no?

–Vaya. Veo que eres uno más de los que le dice «sí» a todo a mi padre.

–Ten por seguro que no soy uno de esos, Amber –replicó Conall con dureza–. Y pregúntate a ti misma qué habría pasado si no hubiera aparecido hoy en el club cuando he aparecido. ¿O he interpretado mal la situación? Puede que te gustara que ese guiñapo de hombre te tocara el muslo de ese modo. Tal vez estabas deseando subir a una habitación con él...

–¡Por supuesto que no! –exclamó Amber–. Era un asqueroso. Todos lo son.

–¿Y por qué no te has buscado un trabajo normal? –preguntó Conall sin ocultar su exasperación–. ¿Por qué no has buscado trabajo en una tienda, o en una cafetería?

–¡Porque en las tiendas y en las cafeterías no te ofrecen alojamiento! El dueño del club me dijo que si al cabo de un mes estaba satisfecho con mi trabajo podría ofrecerme una de las habitaciones para empleados del hotel en que se encuentra el club –Amber lanzó una iracunda mirada a Conall–. Y no sé por qué te muestras tan preocupado por mí cuando es culpa tuya que me haya quedado sin casa.

Conall dejó escapar un suspiro de impaciencia.

–No puedo creer que seas tan ingenua. ¿Aún no sabes cómo funcionan esos sitios?

–Estoy segura de conocer mucho mejor que tú el ambiente de los clubes nocturnos de Londres.

–No lo dudo, pero lo que está claro es que hasta

ahora has acudido a ellos como cliente, no como empleada. Los lugares así explotan a las mujeres guapas. Esperan que ganes primas de un modo que suele implicar que te tumbes y abras las piernas. ¿No has oído nunca decir que no existe eso de las comidas gratis?

Por el modo en que se estaba mordiendo el labio inferior, Conall dedujo que Amber no era tan sofisticada como daba a entender su aspecto. Pero, una vez que empezó a mirarla ya no pudo parar. Su pelo negro caía revuelto en torno a los hombros de su gabardina y sus ojos verdes estaban expertamente maquillados. El rojo ligeramente desvaído de sus labios iba a juego con los tacones con que la había visto balancear sus caderas mientras deambulaba por el club, y la mente de Conall se vio repentinamente invadida de imágenes eróticas en las que lo tenía rodeado con sus largas piernas por la cintura mientras él la penetraba...

Tamborileó nerviosamente los dedos sobre su muslo. Lo mejor que podía hacer era lavarse las manos en lo referente a aquel asunto. Tendría que explicarle a Ambrose que la consideraba una causa perdida y que más le valía aceptarlo y permitirle seguir la vida de pura indulgencia que había llevado hasta entonces.

Pero cuando el coche pasó junto a una farola que iluminó de lleno el rostro de Amber, Conall se fijó por primera vez en sus ojeras. No debía haber dormido mucho últimamente y era evidente que había perdido peso. Sus pómulos resultaban sorprendentemente prominentes contra su piel de porcelana, y daba la impresión de que un golpe de viento podría llevársela volando.

—¿Cuándo has comido por última vez? —preguntó.

—¿Y eso qué más te da? —replicó Amber con expresión tozuda.

—Déjate de tonterías y contesta.

Amber se encogió de hombros.

—En el club me aconsejaron que no comiera al menos cuatro horas antes de mi turno. Resultó no ser mal consejo porque el uniforme que me dieron era de una talla menor que la que suelo utilizar —añadió con ironía.

—¿Y tienes comida en el apartamento?

—No mucha.

—Supongo que te gastas el dinero en tabaco ¿no? —dijo Conall en tono acusador.

Amber no lo corrigió mientras él se inclinaba a dar unos golpecitos en el cristal que los separaba del chófer.

—Llévanos al club —ordenó.

—Estoy cansada y me quiero ir a casa —protestó Amber.

—Tienes que comer algo. Podrás dormir luego.

Conall no dijo nada más hasta que el coche se detuvo ante un edificio clásico cercano a Piccadilly Circus. Un portero uniformado acudió de inmediato a abrir la puerta del coche.

Conall experimentó una sensación que no supo definir con exactitud mientras seguía a Amber por las escaleras de mármol. Cuando se quitó la gabardina para entregarla en recepción y vio que temblaba ligeramente, se quitó su bufanda de cachemira y se la puso en torno al cuello, dejando que sus extremos cayeran sobre sus magníficos pechos.

–Será mejor que lleves esto –dijo, consciente de que lo hacía más por sí mismo que por ella. Así no tendría que ver las cimas de sus pezones buscando su camino hacia él bajo el jersey y haciéndole imaginar lo que sería poder tomarlos en su boca.

A pesar de que era tarde, fueron conducidos hasta el comedor, donde un camarero preparó rápidamente una mesa para ellos. Conall pidió una sopa y sándwiches para Amber y un coñac para sí mismo.

Cuando les sirvieron la comida se limitó a contemplar en silencio la concentración con que Amber devoró la sopa y los sándwiches y, por primera vez aquella tarde, empezó a relajarse.

Tomó un sorbo de su coñac. Fuera, el ritmo de la ciudad había amainado, pero aún se veía gente caminando y coches circulando, mientras en el interior del club todo era orden y silencio. Siempre era así. Aquel era uno de los motivos por los que se había unido a aquel club. Su aire de estabilidad siempre lo había atraído. Sonrió al recordar que había logrado entrar gracias a la recomendación de un ministro del gobierno y de un distinguido miembro de la realeza británica. ¿Quién habría pensado que un muchacho nacido con tan poco acabaría allí, entre los más ricos y poderosos?

Cuando Amber terminó de comer, se apoyó con un respiró contra el respaldo de su asiento y miró a su alrededor con la expresión de una gatita a la que acabaran de rescatar del frío y lluvioso exterior.

Conall dejó su copa en la mesa y la miró con expresión severa.

—Supongo que te habrá quedado claro que la independencia ya no es una opción, a menos que estés dispuesta a volver a aceptar un trabajo en otro club parecido. Pero lo importante es saber si estás dispuesta a mostrarte razonable y a trabajar en serio.

Amber ladeó la cabeza.

—Supongo que con lo de «mostrarme razonable» te refieres a que acepte hacer exactamente lo que tú me digas ¿no?

—Tal vez podrías intentarlo —dijo Conall con ironía—, sobre todo teniendo en cuanta lo que sucede cuando no lo haces.

—Aún no sé con exactitud qué es lo que me estás ofreciendo, Conall.

Conall se puso tenso. ¿Estaba captando un destello de provocación en la mirada de Amber o era solo su imaginación? Pero el destello debía ser cierto, porque las mujeres como ella devoraban a hombres como él para el desayuno.

—Te estoy ofreciendo que trabajes de intérprete —dijo.

—No me interesa —replicó Amber de inmediato—. No pienso pasarme el día encerrada en un cuartito con un par de cascos mientras alguien habla de temas aburridos como la cuota de cereales o algo parecido.

Conall no logró reprimir una sonrisa.

—Creo que mi propuesta te parecerá bastante más seductora que eso.

—Ah ¿sí?

—Voy a organizar una fiesta para celebrar la finalización de las obras de construcción de mi casa de campo. Habrá música y baile, pero también pretendo aprovechar la ocasión para vender un cuadro de alguien que necesita urgentemente dinero.

—Creía que ya habías decidido que mi falta de experiencia era un obstáculo insalvable para poder responsabilizarme de la venta de cuadros.

—No espero que «vendas» los cuadros. Solo quiero que estés allí como una especie de traductora asesora.

—¿Qué quieres decir?

Conall dudó un momento antes de contestar. Probablemente habría sido más razonable ofrecerle un trabajo en algún pequeño anodino despacho de su organización, pero ya le había quedado claro que Amber Carter no era una mujer dispuesta a pasar desapercibida.

—El cuadro en cuestión es uno de una pareja de cuadros. Dos estudios de la misma mujer realizados por Kristjan Wheeler, un pintor contemporáneo de Picasso cuyos trabajos han aumentado mucho de precio en la última década. Ambos cuadros se perdieron a mediados del siglo XX y solo se ha recuperado uno. Ese es el que trato de vender en nombre de un cliente, y creo que la persona que quiere comprarlo posee el cuadro perdido. El hecho de que forme parte de una pareja hace que el cuadro tenga mucho más valor.

–¿Y no puedes preguntarle directamente si lo tiene?

Conall esbozó una sonrisa.

–No es así como funcionan esta clase de negociaciones, Amber. Especialmente con un hombre como el príncipe que quiere comprarlo.

–¿Un príncipe? –preguntó de inmediato Amber con evidente interés.

Conall tomó un sorbo de su copa de coñac. ¿De verdad había creído que la química que crepitaba entre ellos era única? ¿O solo estaba tratando de convencerse ingenuamente de que Amber no era así con todos los hombres? Y, al parecer, cuanto más dinero tuvieran, mejor.

Sin embargo, aquello sería perfecto para lo que tenía planeado. ¿Acaso no se decía que el príncipe Luciano de Mardovia era un mujeriego empedernido?

–Así es –dijo, entrecerrando los ojos–. Quiero que asistas a la fiesta y seas amable con él.

Amber también entrecerró los ojos.

–Amable... ¿hasta qué punto?

–No espero que te acuestes con él –replicó Conall de inmediato, asqueado por la sugerencia de Amber–. Solo espero que charles y bailes con él. No creo que eso vaya a costarte mucho. El príncipe irá acompañado por al menos dos de sus ayudantes, con los que hablará en cualquier lengua menos en inglés. Como tú, habla italiano, griego y francés, y seguro que no espera que una mujer como tú hable esos tres idiomas.

«Una mujer como tú».

Amber se sintió extrañamente dolida por aquellas palabras, pero no debía olvidar que para Conall ella solo era una carga, un problema que resolver para luego olvidarlo y pasar a otras cosas. No tenía sentido empezar a tener fantasías con Conall Devlin, por muy atractivo que le pareciera.

–¿Así que lo que quieres que haga es espiar al príncipe?

–No seas tan melodramática, Amber. Si te pidiera que tuvieras una reunión de negocios con un competidor esperaría que averiguaras todo lo que pudieras sobre él. De manera que si el príncipe comenta algo en griego a uno de sus acompañantes, por ejemplo que el vino es atroz, resultaría muy útil saberlo.

Amber sonrió.

–¿Tienes la costumbre de servir vinos atroces, Conall?

–¿Tú qué crees?

–Creo que... no.

–No te estoy pidiendo que mientas sobre tu habilidad con los idiomas, pero tampoco tienes por qué mencionarla. Esto es un negocio. Lo único que quiero es obtener el mejor precio posible para mi cliente. ¿Crees que puedes hacerlo? ¿Puedes hacer de anfitriona para mí por una tarde y pegarte al príncipe como una lapa?

Amber miró a Conall a los ojos. La comida, el

calor reinante y el coñac estaban haciendo que se sintiera adormecida y muy relajada, pero era evidente que Conall quería una respuesta de inmediato.

—Sí —dijo, convencida de que aquello sería un juego de niños para ella—. Puedo hacerlo.

Conall asintió brevemente.

—Bien. Tendrás que acudir a mi casa de campo el sábado por la tarde. Lleva más de un vestido. Y que sean decentes.

—¿Qué quieres decir con eso? —preguntó Amber, irritada.

—Sabes muy bien a lo que me refiero. No quiero verte deambulando por la fiesta haciendo ostentación de tu cuerpo como una fulana.

Amber tragó saliva, consciente de que debería sentirse indignada. Pero lo cierto era que el comentario de Conall le había producido un inexplicable estremecimiento.

—¿A qué hora pasará a recogerme el coche?

Conall la miró un momento antes de echar atrás la cabeza y reír. Pero cuando volvió a mirarla lo hizo con dura frialdad.

—Aún no te has enterado, ¿verdad, Amber? Puede que vayas a tratar con un príncipe, pero vas a tener que dejar de comportarte como una princesa, porque no lo eres. Tendrás que tomar el tren, como cualquier otro mortal. Ponte en contacto con Serena para que te dé los detalles para llegar a mi casa. Ah, y tengo tu sueldo del club en el bolsillo. Te lo daré cuando volvamos al coche. No quiero dártelo aquí porque el gesto podría malinterpretarse.

Capítulo 5

HACÍA mucho que Amber no tomaba un tren. Se apoyó contra el duro respaldo del asiento y contempló el paisaje campestre por el que circulaba. Apenas iba a tardar media hora en llegar a la estación en la que tenía que bajarse, y decidió aprovechar el rato echando un vistazo a la información que había obtenido sobre el príncipe en la red.

No había estado preparada para la impresión que le produjo el príncipe «Luc» y su maravillosa isla en el Mediterráneo cuando vio su foto por primera vez. Con su piel olivácea, sus brillantes ojos azules y su magnífica cabellera morena resultaba tan atractivo como una estrella de Hollywood. Pero su aspecto la dejó totalmente fría, algo que no era de extrañar, porque a través de su madre había conocido a los suficientes hombres atractivos y manipuladores como para que se le hubieran quitado las ganas de conocer a ningún otro.

Lo más molesto del asunto era que no había podido dejar de comparar desfavorablemente al príncipe con Conall, a pesar de que este no era exactamente «guapo».

Cuando el tren se detuvo en la estación de Crewhurst, Amber bajó a la plataforma con la bolsa de viaje en la que llevaba algunos de sus vestidos más recatados. Miró a su alrededor y respiró con fruición el aire fresco y primaveral que acarició la piel de su rostro.

No recordaba la última vez que había salido de Londres para acudir al campo. Aunque había bastantes nubes, el azul del cielo asomaba de vez en cuando entre estas y caía de lleno sobre las narcisos que adornaban la estación y que balanceaban sus trompetas al ritmo de la suave brisa reinante.

Serena le había indicado que en la estación tomara un taxi para acudir a la casa de Conall, pero al salir no encontró ninguno en la parada. Cuando fue a preguntar al señor mayor que atendía tras la ventanilla del vestíbulo de la diminuta estación, este movió la cabeza como si acabaran de preguntarle por el paradero del Santo Grial.

—No puedo decírselo. El taxista ha ido a llevar a su mujer de compras. Pero el sitio al que va no está muy lejos —añadió en tono optimista.

En circunstancias normales, Amber habría pateado el suelo impacientemente mientras exigía que alguien se ocupara de buscarle rápidamente un taxi. Pero había algo en aquel primaveral día que parecía estar adueñándose de sus sentidos. No recordaba la última vez que se había sentido tan «viva» y experimentó un repentino afán de aventura.

Tras preguntar por la dirección de la casa, tomó un soleado camino campestre bordeado de setos y plantas que parecían especialmente vivas en aquellos comienzos de la primavera. Estaba claro que Conall tenía muy bien resuelta su vida con su exitoso negocio y sus casas en Londres y en el campo. Y lo más probable era que tuviera una novia. Los hombres como él siempre tenían novias. O esposas. Una esposa que, probablemente, solo hablaría inglés. Aquel pensamiento tuvo el inexplicable efecto de hacer que su corazón se encogiera dolorosamente.

Mientras trataba de pensar en otra cosa notó que el cielo se oscurecía. Al alzar la mirada vio que unos amenazadores nubarrones habían cubierto el sol. Aceleró la marcha, pero apenas había avanzado unos metros cuando empezó a llover. Sin ningún lugar en el que guarecerse, apenas tardó unos momentos en acabar empapada. Se planteó la posibilidad de llamar a Conall, pero no quería aguantar un nuevo sermón sobre su incompetencia, de manera que decidió seguir adelante.

Un par de minutos después oyó el sonido de una bocina a sus espaldas. Al volverse vio un coche negro que se detuvo a un lado de la carretera. La poderosa silueta que se hallaba tras el volante resultó inquietantemente familiar, y cuando la ventanilla del coche bajó y Amber vio que se trataba de Conall, su corazón latió más deprisa.

–Entra –ordenó él.

Amber reprimió el impulso de decirle que prefería seguir andando a meterse en un coche conducido por él. A fin de cuentas, se estaba esforzando por tener un comportamiento más razonable, más adulto, de manera que, sin decir nada, abrió la puerta de pasajeros y ocupó el asiento junto a Conall.

–Parece que esto empieza a convertirse en un hábito –dijo él con ironía–. ¿Acaso has visto estampadas en mi frente las palabras «misión de rescate»?

–No te he pedido que me rescataras –replicó Amber a pesar de sus buenos propósitos.

–Pero no has tardado mucho en aceptar mi oferta, ¿no?

–¡No soy tan testaruda como para desaprovechar la oportunidad de guarecerme en un coche calentito mientras fuera diluvia! Supongo que ahora vas a reñirme por haberme mojado –dijo Amber a la vez que empezaba a temblar.

–Debería reñirte por haber ido caminando por el medio de la carretera sin prestar atención –replicó Conall–. Si hubiera ido más rápido podría haberte atropellado.

Amber apenas notó que los dientes empezaban a castañetearle. Su corazón latió más rápido a causa de la mirada que le estaba dirigiendo Conall. ¿Cómo era posible que aquella fría mirada azul pudiera hacerle tan consciente de su propio cuerpo? ¿Cómo era posible que le hiciera sentir que sus pechos eran traspasados por pequeñas y delicadas agujas a la vez que un intenso calor irradiaba desde su pelvis hacia el resto de su cuerpo?

Conall se quitó rápidamente la cazadora de cuero que vestía y la colocó sobre los hombros de Amber, que contuvo involuntariamente el aliento mientras contemplaba sus ojos color zafiro y la sombra de la barba que cubría su poderosa mandíbula. Por un instante pensó que iba a besarla. Solo habría necesitado pasar una mano tras su nuca para atraer aquellos labios hacia los suyos...

Al ver que Conall entrecerraba los ojos, temió que hubiera podido leer sus pensamientos. Instintivamente, ciñó la cazadora con fuerza en torno a su cuerpo.

–Ponte el cinturón –ordenó él a la vez que se apartaba y ponía de nuevo el coche en marcha–. Y explícame por qué no has tomado un taxi en la estación.

–No he tomado un taxi porque no había ninguno, y el hombre que atendía tras la ventanilla me ha dicho que el lugar que buscaba no estaba lejos.

–Deberías haberme llamado.

–A ver si te aclaras, Conall. No puedes criticarme por no comportarme como una persona normal y luego quejarte si lo hago. Esperaba que me pusieras una medalla por mi buen comportamiento –añadió Amber con ironía–. Además, no imaginaba que ya estarías por aquí.

Conall se mantuvo en silencio mientras conducía. No quería admitirlo, pero lo cierto era que, a pesar de todas las excusas que había buscado para autoconvencerse de que había ido antes de la hora prevista para asegurarse de que todo estaba en orden, no lo había hecho por eso.

«Admítelo», se dijo. «La deseas. A pesar de todo lo que sabes sobre ella, no has sido capaz de quitártela de la cabeza desde el primer día».

Resultaba desconcertante reconocer que lo que le habría gustado hacer en aquellos momentos habría sido arrancarle la cazadora y el resto de la ropa para acariciarle los pezones con la lengua y tomarla allí mismo.

Pero si lo que quería era sexo, sabía que Eleanor estaría a su disposición con una simple llamada. Sin embargo, la imagen de la rubia belleza de su amante palidecía en comparación con la de Amber...

Afortunadamente, ya estaban llegando a su casa y, cuando esta apareció ante su vista en toda su magnificencia, con sus altas chimeneas y sus ventanales de arcos apuntados con parteluz, notó que Amber se erguía en el asiento y contemplaba la vista con evidente admiración.

–Pero esto es... maravilloso –murmuró mientras el coche se detenía.

Conall se preguntó si se habría mostrado tan admirada de haber estado al tanto de sus orígenes, de la sensación de ser un intruso en el mundo de los ricos y poderosos, una sensación que nunca había llegado a abandonarlo del todo.

–Estoy de acuerdo –dijo mientras apagaba el motor del coche. Al volverse para tomar el bolso de Amber del asiento trasero notó que de este sobresalían unas hojas. Pero lo que llamó su atención no fue que se tratara de un informe sobre el príncipe Luciano, sino los intrincados garabatos que adornaban la esquina de la primera página, garabatos que le hicieron recordar algo–. Vi unos garabatos parecidos a estos el primer día en tu apartamento –dijo mientras se los mostraba a Amber.

–¿Estuviste husmeando en mi cuarto? –preguntó ella con el ceño fruncido.

–Estaban semiocultos tras un sofá. ¿Eran tuyos?

–Por supuesto que eran míos. ¿Por qué?

–Pensé que algunos eran muy prometedores, y otros me parecieron directamente buenos.

–No tienes por qué ser tan amable –dijo Amber a la defensiva–. Sé que son basura.

–No suelo decir cosas por decirlas. ¿Y puedes explicarme por qué te parecen basura?

Amber se encogió de hombros.

–Solía pintar mucho cuando vivía con mi madre, que siempre estaba muy ocupada con algún nuevo «amor» o buscando un sustituto. Pero cuando volví con mi padre me dejó muy claro que, además de que mis cuadros le parecían malos, consideraba que la pintura era una actividad poco adecuada, de manera que dejé de tratar de convertirme en pintora y me transformé en la chica de sociedad que todo el mundo esperaba. Los cuadros que viste eran muy viejos, pero nunca me he animado a tirarlos.

Conall experimentó una momentánea rabia al percibir el destello de dolor e impotencia que cruzó por un instante la expresión de Amber, pero se limitó a asentir y a apartar la mirada de ella.

–Te enseñaré la casa más tarde, pero lo primero que tienes que hacer es quitarte esa ropa mojada –en cuanto aquellas palabras surgieron de su boca quiso retirarlas, pues se parecían demasiado a las

que un hombre le habría dicho a una mujer antes de
acariciarla.

Amber lo siguió al interior de la casa. Sin detenerse en el amplio vestíbulo de entrada, Conall
avanzó hacia la gran escalera central que subía a la
segunda planta. A pesar de estar empapada, Amber
no sentía frío, y su corazón latió con fuerza mientras lo seguía por las escaleras. Sintió que se le secaba la garganta al contemplar su poderoso físico
de espaldas y fijarse en el empuje de sus glúteos
contra la tela negra de sus vaqueros... Lo más absurdo era que ella no solía experimentar aquel tipo
de sensaciones cuando miraba a un hombre, y menos aún si se trataba de un hombre que la trataba
como a una colegiala traviesa. Se mordió el labio al
recordar las acusaciones que le habían echado en
cara en el pasado. La habían acusado de fría, de
frígida, de ser la Reina del Hielo. Sabía que aquellas acusaciones estaban justificadas y, sin embargo, cuando miraba a Conall sentía que quería
derretirse, no congelarse.

Conall entró en una de las habitaciones que daban al pasillo y dejó la bolsa de Amber en una silla.

—Aquí estarás lo suficientemente cómoda —dijo
casi con brusquedad.

Amber miró tímidamente a su alrededor. La habitación era espectacular, y agradeció que Conall le
estuviera ofreciendo un lugar tan agradable para
dormir. Cuando se volvió de nuevo hacia él, consciente de que debería estar haciendo preguntas inte-
ligentes sobre la fiesta que se avecinaba, tan solo

fue capaz de fijarse en la sensual curva de sus labios, en la aspereza de su mandíbula...

–¿A qué hora me necesitas? –logró preguntar finalmente con voz ronca.

–Baja a las siete y te enseñaré el cuadro. El príncipe llegará a las ocho y cuarto, y suele ser terriblemente puntual.

–No me retrasaré –dijo Amber mientras se quitaba la cazadora de Conall y se la alcanzaba con un involuntario estremecimiento–. Gracias por dejármela.

Pero, en lugar de tomar la chaqueta, Conall permaneció quieto como una estatua.

–Deberías dejar de hacer eso, Amber –dijo con engañosa suavidad–. Te he dado varias oportunidades, pero mi paciencia se está agotando. A fin de cuentas, estoy hecho de sangre y carne, como cualquier otro hombre.

–¿De qué estás hablando?

–Oh, vamos –Conall no se molestó en ocultar su irritación–. Interpretas muy bien algunos papeles, pero el de inocente no es uno de ellos. Si sigues mirándome con esos grandes ojos verdes y humedeciéndote los labios con la lengua como una gatita que acabara de ver un ratón, me veré forzado a besarte, quiera o no.

–¿Y por qué ibas a besarme si no quieres hacerlo? –preguntó Amber, confundida.

Conall rio, pero su risa contenía algo oscuro, desconocido para Amber.

–Porque no eres mi tipo y además soy tu jefe –el

tono de Conall se transformó en un sedoso susurro cuando añadió–: Pero eso no significa que no te desee.

La inconfundible pasión del tono de Conall y la complejidad de las sensaciones que estaba experimentando Amber se unieron, confiriéndole una repentina sensación de poder que le permitió ladear la cabeza y mirarlo con gesto desafiante.

–Si tanto deseas besarme, ¿por qué no te limitas a hacerlo?

–No beso a mujeres fumadoras.

–No he vuelto a fumar un cigarrillo desde el día en que estuve en tu despacho.

Conall entrecerró los ojos.

–¿En serio? ¿Por qué?

–Porque en el fondo soy una mujer muy obediente –susurró Amber a la vez que batía las pestañas con descaro–. ¿No lo sabías?

Conall sintió que algo se rompía en su interior ante aquella provocación. Escuchó el rugido de la sangre en sus oídos y sintió el empuje de su miembro contra la bragueta del pantalón a la vez que tomaba a Amber entre sus brazos.

–Lo único que sé es que eres una mujer desafiante y testaruda que me ha puesto a prueba más de lo soportable –dijo con voz ronca–. Y puede que esto haya sido inevitable desde el principio.

Amber lo miró a los ojos.

–¿Vas a tumbarme en tu regazo y a darme unos azotes en el trasero?

–¿Te gustaría que lo hiciera? Puede que más

tarde. Pero ahora mismo voy a besarte, y te advierto de que eso te estropeará para cualquier otro. ¿Estás preparada para eso, Amber? ¿Para que cualquier otro hombre al que vayas a besar en el futuro haga que me eches de menos?

–Eres tan arrogante... –dijo Amber en tono acusador.

Pero al ver como entreabría sus labios Conall supo que ella deseaba aquello tanto como él. Tal vez aún más, o eso le hizo pensar el destello de hambre y deseo que oscureció por un instante los ojos de Amber.

Deslizó una mano tras su cintura y la otra tras su cuello y acercó sus labios a los de ella. Sabía a menta y olía a flores frescas, y la forma en que se fundió contra su cuerpo fue como arrojar una cerilla encendida a un montón de leña seca. Conall gruñó al sentir contra el pecho la presión de sus pezones y deslizó una mano entre sus cuerpos para tomar uno entre sus dedos. Amber se retorció temblorosa contra él a la vez que susurraba su nombre. Conall estaba tan excitado que temió que le estallara la bragueta. Con un ronco gruñido, la empujó contra la puerta de la habitación.

Se besaron como si acabaran de descubrir cómo besar. Amber deslizó instintivamente las manos hasta los hombros de Conall, como si necesitara aferrarse a él para no deslizarse al suelo. Conall introdujo un muslo entre los de ella y sintió la tentación de tomarla allí mismo, sobre el suelo, de arrancarle la ropa y hacerle lo que llevaba días deseando hacerle. Tomó uno de sus pechos en una mano y se inclinó para mordisquearle el pezón por encima de la tela de su húmeda blusa.

—Co... Conall —jadeó Amber.

—Lo sé —masculló él mientras sentía que el deseo recorría su cuerpo como una poderosa oleada—. Te gusta, ¿verdad? —añadió mientras buscaba con un dedo la entrepierna del pantalón de Amber para deslizarlo por la costura. Sintió su calor emanando a través de la tela vaquera mientras ella cimbreaba sus caderas en silenciosa invitación.

El olor a sexo y a deseo era tan intenso que, sin pensárselo dos veces, Conall bajó las manos hacia su cinturón para soltárselo. Lo había hecho y estaba a punto de desabrochar el botón de sus vaqueros cuando un destello de cordura atravesó sus pensamientos y la realidad cayó como un mazazo sobre su consciencia. Apartó el rostro, miró a Amber y dio un paso atrás. Tenía la blusa entreabierta y sus magníficos pechos subían y bajaban al ritmo de su agitada respiración. Conall se preguntó qué tenía que ver lo que acababa de hacer, y lo que había estado a punto de hacer, con tratar de enseñar a Amber a ser una persona mejor y más capaz.

No podía traicionar la confianza del padre de Amber de aquel modo, especialmente sabiendo como sabía lo dolorosas que podían ser las consecuencias de una confianza traicionada.

¿Y desde cuándo perdía él el control de aquella manera?

—¿Sucede algo... malo? —preguntó Amber.

Pero Conall no contestó. Estaba demasiado enfadado consigo mismo como para ni siquiera intentarlo. ¿Haría Amber lo mismo con todos?, se preguntó, furioso. ¿Sería él tan solo uno más en la indiscriminada lista de hombres que elegía para satisfacer sus necesidades sexuales?

A pesar de todo, sabía que en aquellos momentos habría sido capaz de renunciar a toda su fortuna a cambio de poder tomarla allí mismo, contra la pared, sin ni siquiera molestarse en quitarle las braguitas. Afortunadamente, un último atisbo de razón le había hecho detenerse. Amber representaba todo lo que él se había pasado la vida tratando de evitar, y aquello no iba a cambiar.

A pesar de los intensos latidos de su corazón, logró recurrir a una de las lecciones más importantes que había tenido que aprender a lo largo de su vida: ocultar su genio, sus verdaderos sentimientos.

—Oh, Amber —dijo, moviendo lentamente la cabeza de un lado a otro—. ¿Dónde aprendiste a mirar así a un hombre y a hacerle desear ir en contra de todas sus creencias?

Amber parecía realmente aturdida y, por una vez, no salió con uno de sus mordaces comentarios, algo que satisfizo a Conall, pues así sintió que recuperaba el control que lo había abandonado momentáneamente.

—A juzgar por tu expresión y el lenguaje de tu cuerpo, supongo que estarás anticipando la próxima vez que vaya a suceder esto, pero me temo que vas a llevarte una decepción. Esto es algo que nunca debería haber pasado. ¿Entiendes lo que estoy diciendo, Amber? De ahora en adelante vamos a ceñirnos al trabajo y a nada más, así que prepárate y baja a la hora que te he dicho para que pueda ponerte al tanto de todo lo necesario antes de que llegue el príncipe –la boca de Conall se transformó en una severa y resuelta línea–. Y ambos vamos a olvidar por completo que esto ha pasado.

Capítulo 6

AMBER cerró la puerta con mano temblorosa tras la salida de Conall.

¿Olvidar lo que había pasado?

¿Cómo iba a olvidar lo que había pasado? ¿Acaso
se había vuelto loco Conall?

Se llevó los dedos a los labios, que le ardían
como si Conall se los hubiera marcado con un hie-
rro candente. Se apoyó de espaldas contra la puerta
y cerró los ojos. Conall le había hecho cosas que no
debería haberle permitido. Le había tocado los pechos y la había acariciado entre las piernas pero, en
lugar de sentirse indignada y asqueada, o de haber
reaccionado con su habitual miedo paralizante, había disfrutado de cada momento. Había sido la experiencia más erótica que había tenido en su vida...
al menos hasta que Conall se había apartado de ella
y la había mirado como si lo hubiera embrujado
para obligarlo a comportarse así con ella.

Resultaba muy irritante y frustrante que el deseo
que la había eludido durante todos aquellos años
hubiera sido despertado precisamente por un hombre que no ocultaba su desprecio por ella.

¿Y qué más daba cómo hubiera reaccionado

ella? ¿Por qué asumir la responsabilidad de algo que había iniciado él? ¿Y por qué no demostrarle a Conall Devlin de qué era capaz? No estaba dispuesta a limitarse a sonreírle como una tonta la próxima vez que lo viera. Había acudido allí con una misión y pensaba llevarla a cabo.

Deshizo rápidamente su bolsa de viaje y, tras tomar una ducha, eligió con una sonrisa un vestido de seda color marfil en lugar de otro rojo más descocado y que realzaba más su figura. A pesar de haber rechazado la mayoría de las reglas con que había sido educada, aún recordaba muy bien una: que menos era más y que la calidad contaba, especialmente si una iba a tratar con un príncipe.

A las seis y media, y sintiéndose más segura de sí misma, bajó las escaleras que llevaban al vestíbulo, en el que en aquellos momentos había un intenso trasiego, con miembros del personal de servicio moviéndose en todas direcciones.

Divisó a Conall en un rincón, hablando por su móvil, muy concentrado. Pero cuando llegó a los pies de la escalera vio que volvía la cabeza hacia ella como si hubiera intuido su presencia. Al ver cómo entrecerraba los ojos con expresión de evidente asombro experimentó una punzada de satisfacción. Al parecer había hecho bien optando por ponerse tan solo unos discretos pendientes de perlas y dejándose el pelo suelto.

–Hola, Conall –saludó–. Espero estar adecuadamente vestida para que me presentes a tu importante invitado.

Conall no solía encontrarse a menudo con dificultades para hablar, pero fue incapaz de pronunciar palabra. En cuanto había visto a Amber a los pies de la escalera se había quedado sin palabras. La contempló con una mezcla de enfado y deseo, lo que se manifestó de inmediato en su entrepierna. ¿Cómo era posible que le produjera aquel efecto cada vez que la veía? Incapaz de contenerse, la miró de arriba abajo. Su vestido caía en cremosos pliegues hasta el suelo, donde asomaba la punta de un zapato plateado. Con su melena negra suelta y sus ojos verdes como los de un gato, parecía...

Carraspeó. Parecía una de aquellas chicas que solía ver mientras crecía y su madre trabajaba en la casa grande, la clase de chicas que uno se animaba a mirar porque siempre querían que las miraras, aunque estuviera prohibido tocar.

Pero él ya no era el hijo del sirviente, que siempre tenía que aceptar lo que se le decía. Era algo más que el igual de Amber Carter. Era su jefe, y él era el único que daba las órdenes.

–Muy presentable –contestó con frialdad–. Y tu aspecto supone una gran mejora respecto a lo que he visto hasta ahora.

Amber ladeó la cabeza.

–¿Siempre culminas tus cumplidos con una crítica?

Conall se encogió de hombros.

–Depende de con quién esté hablando. No creo que un poco de crítica sobre en tu caso. Pero si tu intención al bajar vestida como una especie de diosa es atrapar al príncipe te recomiendo que te ahorres el esfuerzo porque tiene una princesa de sangre real esperando a casarse con él.

Amber le dedicó una mirada poco amistosa.

—No tengo intención de «atrapar» a nadie.

—¿Aunque conseguir un marido rico pudiera suponer una manera muy conveniente de salir de tu complicada situación financiera?

—¡Oh, vamos, Conall! ¿En qué siglo crees que vives? Las mujeres ya no tienen que venderse de esa manera. Hoy en día incluso aceptan trabajar para hombres cuya forma de funcionar consiste en estar todo el rato malhumorados y en ser más que un poco difíciles.

—O consiguen que sus papis las mantengan —dijo Conall burlonamente.

—Al parecer eso ya ha dejado de suceder, así que ¿por qué no nos ponemos en marcha? Se supone que ibas a enseñarme la casa y la pintura que quiere comprar tu famoso príncipe.

Conall asintió secamente e hizo un gesto para que lo siguiera, aunque no pudo evitar sentirse demasiado consciente de la cercanía de Amber, de la delicada tela que cubría tentadoramente su cuerpo y acariciaba cada una de sus voluptuosas curvas.

Aquella noche su casa de campo parecía perfecta, como si hubiera sido directamente extraída de una de esas deslumbrantes revistas especializadas en mostrar las casas de los ricos. ¿Pero acaso no había sido siempre aquella su intención? ¿No era aquella la culminación de un sueño largamente alimentado, conseguir una casa aún más grande que aquella en la que trabajó su madre cuando él era pequeño?

Guio a Amber por la planta baja, recientemente amueblada y decorada en estilo tradicional, y le mostró las salas, la biblioteca y el invernadero interior. En el salón en que iba a celebrarse la fiesta se hallaban los miembros de un cuarteto de cuerda afinando sus instrumentos, y las alargadas mesas que bordeaban las paredes estaban llenas de jarrones con exuberantes ramos de flores y botellas de champán en cubiteras llenas de hielo.

Finalmente, Conall condujo a Amber a una sala que se hallaba en un extremo de la casa y cuya entrada estaba protegida por un robusto vigilante.

–Aquí está el cuadro –dijo a la vez que se apartaba de la puerta para dejarla pasar.

Amber se alegró de tener algo en que concentrarse aparte del hombre que tenía a su lado, o en el comentario que había hecho sobre su aspecto de «diosa». ¿Lo habría dicho en serio? Experimentó una oleada de impaciencia. «Deja de interpretar sus palabras. Deja de imaginar que siente algo por ti aparte de deseo».

–Aquí lo tienes –dijo Conall a la vez que señalaba el cuadro que colgaba de una pared desnuda de la sala.

Amber contempló el lienzo, un luminoso retrato al óleo de una mujer joven. Llevaba una cinta plateada en el pelo y un vestido también plateado a la moda de los años veinte. La delicadeza de la pincelada y la sensibilidad con que estaba pintado el cuadro lograban transmitir un destello de tristeza en la mirada de los oscuros ojos de la mujer.

—Es exquisito —dijo Amber sin ocultar su admiración.

—Lo sé. Totalmente exquisito —Conall se volvió hacia ella—. ¿Tienes claro lo que debes hacer? Permanece junto al príncipe toda la velada y habla solo cuando te hablen. Trata de no crear polémica y avísame si le oyes decir algo relacionado con el cuadro a sus ayudantes. ¿Crees que podrás lograrlo?

—Puedo intentarlo.

—Bien. En ese caso, vamos a esperar al invitado de honor.

—¿Quiénes más van a venir a la fiesta? —preguntó Amber mientras regresaban al salón.

—Algunos amigos de Londres y unos colegas de Nueva York.

Amber dudó un momento antes de preguntar:

—¿Ves alguna vez a mi hermanastro Rafe?

—No lo veo desde que se fue a Australia y cortó con su antigua vida, aunque nadie sabe por qué.

—Creo que tuvo algo que ver con una mujer.

—Siempre tiene que ver con una mujer, Amber —dijo Conall a la vez que sonreía sin humor—. Como suelen decir los franceses, *Cherches la femme*.

—¿Percibo cierto cinismo en tu tono? ¿Rompió alguna mujer tu corazón, Conall?

—No, cariño. ¿No sabías que mi corazón está hecho de piedra? Lo único que sé es que Rafe se llevó una profunda desilusión con alguna mujer y su vida ya nunca volvió a ser la misma. Supone una lección para todos nosotros.

Era un auténtico cínico, pensó Amber mientras Conall la presentaba a la organizadora de la fiesta, una pecosa pelirroja cuya expresión revelaba claramente que consideraba a Conall el mejor invento desde las rebanadas de pan. Y lo mismo les sucedía a todas las mujeres presentes. Se preguntó si Conall sería consciente de las evidentes miradas de interés de las camareras. Si lo era, lo disimulaba muy bien, desde luego. Era encantador pero no respondía en lo más mínimo a los flirteos.

Cuando empezaron a llegar los invitados y Conall se excusó para ocuparse de saludarlos, Amber se retiró discretamente a un rincón y se dedicó a observar, consciente de que estaba allí como una empleada, no como una invitada. Reinaba un discreto murmullo de anticipación en el ambiente, como si todo el mundo estuviera aguardando la llegada del invitado real, pero Amber no se hizo consciente de la llegada de este hasta que se produjo un repentino y completo silencio en el salón.

Los invitados se apartaron de inmediato para dejar un pasillo central por el que avanzó el príncipe, un hombre imponente que Amber reconoció de inmediato tras haber visto su foto en la red. Con su inmaculado traje negro y su piel dorada, emanaba un carisma solo comparable al del anfitrión de la fiesta, que avanzó hacia él para saludarlo.

Conall hizo una breve inclinación de cabeza antes de estrechar la mano de Luciano. El cuarteto de cuerda aprovechó el momento para iniciar la interpretación del himno nacional de Mardovia. Cuando, unos momentos después, Conall la buscó con la mirada, Amber avanzó hacia los dos hombres tratando de concentrarse en el príncipe y no en el duro irlandés que tan íntimamente la había acariciado.

–Majestad, esta es Amber Carter, una de mis ayudantes. Estará a su disposición durante la fiesta para cualquier cosa que pueda necesitar.

Amber hizo la reverencia adecuada para la circunstancia y cuando se irguió vio que el príncipe sonreía.

–¿Para «cualquier cosa»? –preguntó mientras la miraba con evidente aprecio.

Amber se preguntó si habría imaginado un imperceptible fruncimiento del ceño de Conall e hizo un gesto a la camarera que aguardaba junto a ellos.

–Puede que le apetezca algo de beber, Majestad.

–*Certo* –contestó el príncipe en italiano a la vez que tomaba una copa de champán de la bandeja y la alzaba en dirección a Amber a modo de silencioso saludo.

Amber se sintió animada por la inesperada atención del príncipe. Hacía mucho que no tenía la sensación de poder hacer algo que se le daba bien. Aunque careciera de toda cualificación, había visto las suficientes veces a las esposas y novias de su padre revoloteando en torno a los invitados como para saber como «no» comportarse si pretendía ser la perfecta anfitriona.

Mientras Conall presentaba al príncipe a algunos

selectos invitados, Amber permaneció vigilante para que nadie los molestara.

Al cabo de un rato, después de charlar superficialmente de algunos asuntos de negocios con Conall y otros invitados, el príncipe se volvió hacia este.

—¿Crees que ya he cumplido adecuadamente con mi papel de invitado de honor y he dado a la ocasión el sello de aprobación de la realeza? —preguntó con delicada ironía.

—¿Quieres ver ya la pintura?

—Creo que ya me has atormentado lo suficiente con la intriga y la espera, ¿no te parece?

Conall miró a Amber.

—¿Amber?

Ella asintió, consciente de los fornidos guardaespaldas que habían aparecido de pronto en la entrada del salón y que los siguieron mientras avanzaban hacia la galería.

El hombre que vigilaba la puerta de entrada se apartó y Amber observó la reacción de Luciano cuando se detuvo ante el cuadro. Alguien dispuesto a negociar un precio por el cuadro habría simulado cierta indiferencia, pero el príncipe no se molestó en ocultar su admiración.

—¿Qué te parece? —preguntó Conall.

—Es espléndido —dijo Luciano mientras se inclinaba para observar más atentamente la pintura. Murmuró algo en italiano a uno de sus ayudantes y pasaron varios minutos antes de que se volviera hacia Conall—. Hablaremos del precio cuando estés de vuelta en Londres, no esta noche. Los negocios nunca deben distraernos del placer.

Conall inclinó la cabeza.

—Como quieras.

—¿Puedes pedir que se ocupen de que mi coche esté listo? Entretanto debo bailar con tu ayudante, que tan bien me ha atendido —el príncipe se volvió hacia Amber con una sonrisa—. A menos que ella tenga algo que objetar.

Amber experimentó una punzada de satisfacción. El príncipe de Mardovia acababa de alabar su trabajo, aunque lo cierto era que no había hecho más que estar a su alrededor, y ahora quería bailar con ella. Hacía mucho que no se sentía tan bien consigo misma.

—Me encantaría —dijo con sencillez.

—*Eccellente*.

Amber fue consciente del ceño fruncido de Conall y de la miradas de envidia de las demás mujeres que había en el salón de baile cuando el príncipe la tomó entre sus brazos y el cuarteto de cuerda comenzó a tocar un vals. Pero, a pesar de lo guapo y atractivo que era el príncipe, tuvo todo el rato la extraña sensación de estar bailando con su hermano, una sensación que nada tenía que ver con lo que había experimentado entre los brazos de Conall.

—¿Devlin es tu amante? —preguntó de pronto el príncipe.

—¡No! —contestó Amber, sorprendida por su franqueza.

—Pero le gustaría serlo.

Amber negó con la cabeza.

—En realidad me odia —dijo antes de poder contenerse. Se suponía que estaba allí para facilitar las cosas, no para abrir su corazón a un miembro de la realeza al que acababa de conocer—. Lo siento...

—Puede que te odie —dijo Luciano—, pero te desea. Te observa como una cobra observaría a un ratón justo antes de devorárselo.

Amber se estremeció.

—Esa imagen no resulta especialmente agradable, Excelencia.

—Puede que no, pero es muy precisa —Luciano sonrió—. Y deberías haber mencionado que hablabas italiano.

Amber se ruborizó.

—¿Cómo...?

—No ha sido difícil. Cuando he hablado con mi ayudante te has esforzado mucho por no reaccionar a lo que estaba diciendo, pero soy experto en observar las reacciones de los demás, algo muy necesario en mi posición. Puedes decirle a Conall que pienso ofrecerle un precio justo por la pintura.

Amber ladeó la cabeza.

—La mujer del retrato está relacionada con usted, ¿verdad?

Luciano se quedó momentáneamente quieto.

—¿Has reconocido el parecido familiar a pesar de la diferencia del color de nuestra piel?

Amber asintió.

—Se me da bastante bien hacer eso. Tengo varios hermanastros y hermanastras.

—La mujer del retrato es la hija del hermano de mi bisabuelo, que nació a comienzos del siglo pasado. Se enamoró de una inglesa y se fugó a América del Norte. Fue todo un escándalo en Moravia en aquella época.

—Lo imagino.

Luciano miró su reloj.

—En cualquier otra ocasión me habría encantado seguir con esta conversación, pero el irlandés ha vuelto y, por su expresión, deduzco que no le gusta nada verte entre mis brazos.

—¿Y le preocupa lo que piense?

—No, pero creo que a ti sí.

—Puede que sí —admitió Amber.

Luciano entrecerró los ojos mientras hacía girar a Amber con una floritura siguiendo los últimos compases del vals.

—Tengo la impresión de que no eres consciente de su reputación.

—¿Con las mujeres?

—Con las mujeres y en los negocios. Es conocido por su objetividad y perspicacia, y por su habilidad, algo de lo que hoy ha hecho gala introduciendo una espía en mi terreno.

Amber volvió a ruborizarse.

—Estoy segura de que no era esa su intención.

El príncipe sonrió.

—Tu lealtad es conmovedora, pero no te preocupes. Conall y yo nos conocemos hace tiempo y siento admiración por alguien tan firme como él, aunque aconsejaría a cualquier mujer razonable que fuera cautelosa con un hombre como él.

Amber aún estaba ruborizada cuando el baile terminó y Conall acudió junto a ellos para escoltar a Luciano hasta su coche.

Cuando regresó, Amber vio que la buscaba de inmediato con la mirada antes de encaminarse hacia ella. El corazón comenzó a latirle con fuerza en el pecho. ¿Estaría enfadado con ella? El príncipe había descubierto que hablaba italiano, pero no había parecido importarle, y ella lo había hecho lo mejor que había podido. Seguro que incluso Conall podría comprenderlo.

Conall se detuvo ante ella con una expresión impenetrable. Sin decir nada, la tomó de la mano y la condujo hasta la pista de baile. Amber sintió como arreciaba su pulso cuando la tomó entre sus brazos.

—¿Qué... qué haces?

—Retomarlo donde lo ha dejado Luciano —contestó Conall—. A menos que hayas decidido que bailar con un simple mortal de sangre roja ya no te interesa.

—No digas tonterías. Me alegra que quieras bailar conmigo, al menos mientras prometas no pisarme.

—¿Ese es tu único requisito, Amber?

Amber tenía la mirada justo a la altura del cuello de Conall, que se había quitado la corbata y había desabrochado los dos botones superiores de su camisa, dejando expuesto parte del moreno y rizado vello de su pecho.

–Se me ocurren muchos más.

–¿Por ejemplo?

–No entiendo por qué quieres bailar conmigo después de haberte pasado la tarde la tarde poniéndome mala cara. ¿Es porque el príncipe ha adivinado que hablo italiano?

Conall rio.

–Me ha dicho que has fruncido el ceño cuando ha pronunciado la palabra «asesinato». Supongo que cualquiera lo habría hecho. Pero no, no ha sido por eso.

–Entonces ¿por qué ha sido?

–Tal vez porque tengo sentimientos conflictivos respecto a ti.

–¿Qué... quieres decir? –logró preguntar Amber a pesar de los latidos cada vez más intensos de su corazón.

–Simplemente que me excitas –murmuró Conall mientras acariciaba con el pulgar la espalda de Amber–. Constante y profundamente. Y no logro sacarte de mi cabeza.

Amber se habría sentido conmocionada y asustada si algún otro hombre le hubiera dicho aquello, pero no fue aquella la reacción que experimentó con Conall.

–¿Se supone que debo sentirme halagada por ello?

–No lo sé. Lo que más me preocupa es que no sé qué hacer al respecto.

Amber percibió el peligro que palpitaba en el aire, pero la excitación era más intensa y le permitió pasar por alto la sensación de peligro.

–¿Y cuáles son las opciones?

–No te hagas la ingenua, Amber –murmuró Conall mientras seguía acariciando con el pulgar el costado de Amber–. Sabes muy bien cuáles son las opciones. Puedo llevarte arriba para terminar lo que hemos empezado antes y tal vez librarme de la fiebre que me posee desde que te vi dormida sobre ese sofá blanco.

Amber logró contener su reacción al escuchar aquello. ¿Conall no había podido dejar de pensar en ella desde entonces?

–¿O?

–O puedo buscar entre las asistentes alguna que resultaría más adecuada como compañera de cama en muchos sentidos –la voz de Conall se transformó en un ronco susurro cuando añadió–: Hay una tercera opción, aunque no es tan tentadora. Puedo ir a tomar una ducha de agua fría para mantenerme alejado de las complicaciones del sexo.

Amber no dijo nada. Conall había hablado de ella como si fuera un pañuelo desechable, como si pudiera ser capaz de olvidarla como un simple sueño. Sin embargo, no le estaba mintiendo. No estaba disimulando su deseo con palabras vacías y bonitas. No le estaba prometiendo las estrellas, pero sí satisfacción. ¿Y acaso no quería experimentar aquella satisfacción por primera vez en su vida? ¿No quería probar lo que otras mujeres daban por sentado en sus vidas?

Cerró los ojos al sentir cómo presionaba la carne de sus costados con las manos, muy consciente de que estaba a pocos milímetros de sus pechos. ¿Cómo podía hacer aquello Conall? ¿Cómo lograba hacerle sentirse tan sensualmente consciente de su propio cuerpo? La presión de sus caderas y su potente masculinidad contra su pelvis debería haber intimidado a una mujer inexperimentada como ella, pero no fue así. Lo único que sucedió fue que su deseo aumentó. ¿Estaba realmente dispuesta a rechazar la oportunidad de convertirse por fin en una mujer de verdad?

El instinto le hizo entreabrir los labios cuando miró a Conall a los ojos y captó la intensidad de su oscura mirada.

–¿Y yo no tengo nada que decir respecto a lo que suceda? –preguntó con ligereza, como si estuviera acostumbrada a mantener aquella clase de conversaciones a diario.

–Por supuesto. Elegir es la prerrogativa de las mujeres. Dime lo que quieres, Amber.

Amber percibió la verdadera urgencia que impulsaba a Conall bajo su tono aparentemente burlón. A pesar de todo, hizo un esfuerzo por enfrentarse a la realidad de lo que estaba sucediendo. Para él aquello no era más que una aventura más con otra chica más.

¿Y para ella?

No podía empezar a debilitarse, o cometer el error de enamorarse de él. Solo podría seguir adelante si aceptaba la situación por lo que era. Nada de polvo de estrellas y rosas. Solo un intenso hambre sexual. Un despertar físico que ya debería haber experimentado hacía tiempo.

Se puso de puntillas, acercó los labios al oído de Conall y susurró:

—Quiero tener sexo contigo.

Conall se tensó mientras pensaba que había escuchado mal. Después de lo desafiante que se había mostrado desde que la había conocido, ¿cómo era posible que estuviera capitulando con tanta facilidad? Le habría gustado que se hubiera resistido más, porque la conquista no era nunca tan buena como la caza...

—¿Lo dices en serio?

—Sí. Lo digo en serio.

Conall sonrió mientras sentía cómo empezaba a acalorarse su cuerpo.

—Muy bien. Sube a tu habitación y espérame mientras me despido de los invitados. Pero no te desvistas. Desnudar a una mujer es uno de los mayores placeres para un hombre. ¿Está claro?

Amber asintió obedientemente.

—Está muy claro.

—Subiré antes de medianoche, pero si entretanto cambias de opinión debes decírmelo y consideraremos que esta conversación nunca ha tenido lugar. ¿Comprendes?

—Sí, Conall.

Conall acercó sus labios al oído de Amber.

—No estoy seguro de cómo tratar a esta Amber tan inusualmente dócil.

—¿Prefieres que me muestre desafiante?

—Ya te expresaré gráficamente lo que quiero de ti, pero será mejor que esperemos a estar solos. De lo contrario tendría que arrancarte aquí mismo el vestido, y creo que no resultaría adecuado que lo hiciera delante de todos los invitados ¿no te parece?

Amber negó con la cabeza y Conall se sorprendió al ver que se había ruborizado, algo que solo sirvió para que su deseo se volviera más intenso.

–Sube y espérame. Cuánto antes termine esta velada, antes podremos empezar.

Capítulo 7

AMBER contuvo el aliento al oír que la puerta se abría. La luz del pasillo iluminó a contraluz la poderosa silueta de Conall, que permaneció un momento quieto antes de entrar y cerrar la puerta a sus espaldas.

–¿Has cambiado de opinión? –preguntó mientras se acercaba a Amber.

Ella negó con la cabeza. Lo cierto era que las dudas no habían dejado de asediarla desde que había subido. Pero su aprensión apenas era nada comparada con la anticipación y el deseo que le estaba haciendo sentir los nervios a flor de piel y los pechos pesados y cosquilleantes.

–No –murmuró–. No he cambiado de opinión.

Conall soltó el aliento que no había sido consciente de estar reteniendo. No había dejado de sentirse asediado por un desagradable sentimiento de culpabilidad desde que Amber había subido al dormitorio.

–Le dije a tu padre que haría todo lo posible por encauzarte por el buen camino –casi gruñó.

–Y lo has hecho –dijo Amber–. Me he sentido

tan segura esta noche... como si cualquier cosa fuera posible, y todo gracias a ti y a la oportunidad que me has dado. Me has hecho ver nuevas posibilidades. Pero soy una mujer, Conall, no una niña, así que no me trates como si lo fuera.

Momentáneamente paralizado por la firmeza del tono de Amber y por el espectáculo de sus pechos subiendo y bajando al ritmo de su respiración, Conall sintió que todas sus dudas se esfumaban cuando ofreció una mano a Amber para que se pusiera en pie. A la luz de la luna parecía casi tan pálida como su sedoso vestido, mientras que, en contraste, su negra cabellera enmarcaba su precioso rostro. Conall se preguntó si sería una hechicera dispuesta a encantarlo. Sus labios se endurecieron. Debía asegurarse de que supiera cuáles eran sus límites. Debía asegurarse de que no interpretara aquello como algo más de lo que en realidad era.

—Supongo que será mejor que aclaremos las cosas —dijo con brusquedad.

—¿A qué te refieres?

—Estoy seguro de que una mujer tan aficionada a las fiestas y a la vida nocturna como tú no va a poner objeciones morales a una aventura de una noche, pero creo que conviene que deje claro que eso es todo lo que va a ser. Una aventura de una noche. Buen sexo, pero nada más. ¿Tienes alguna objeción que poner a eso?

—No, claro que no —contestó Amber en aquel displicente tono tan característico de ella, aunque Conall se preguntó si habría imaginado la momentánea sombra de duda que cruzó su rostro–. Así que ¿a qué estamos esperando?

Con el corazón latiéndole con fuerza en el pecho, Conall alargó una mano hacia ella y le bajó la cremallera del vestido, que se deslizó enseguida hasta quedar amontonado en torno a sus tobillos. Amber se quedó tan solo con la ropa interior y sus zapatos de tacón.

Conall frunció el ceño al ver que la lencería que utilizaba no encajaba con su atrevida imagen. El sujetador blanco que llevaba puesto parecía el que una mujer habría llevado a un gimnasio, y las bragas, las de una monja. No era la lencería que habría esperado en la mujer que un rato antes le había susurrado junto al oído que quería acostarse con él.

¿Habría sentido sus dudas? ¿Sería aquel el motivo que la impulsó a llevarse las manos atrás para soltarse el sujetador con la misma naturalidad que una mujer cambiándose en la playa?

Conall experimentó un incontrolable arrebato de deseo al ver como se desbordaban sus pechos del sujetador. Eran unos pechos grandes, pero también respingones, con unas areolas rosadas y unos pezones perfectos.

Con un ronco gruñido, la tomó entre sus brazos y la besó. La besó hasta que sintió que se derretía y entreabría los labios anhelante bajo los suyos, hasta que empezó a moverse inquieta entre sus brazos. Cuando apartó el rostro para mirarla, sus ojos parecían especialmente enormes y oscuros. Como si se hubiera quedado totalmente aturdida y asombrada por el beso.

—Eres la mujer más difícil de entender que he conocido, Amber Carter —murmuró a la vez que tomaba uno de sus pezones entre los dedos y lo apretaba con firme delicadeza.

Amber pareció tener dificultades para mantener los ojos abiertos.

—¿Y eso es bueno o malo?

—Aún no lo sé. Pero no es habitual, desde luego —Conall se inclinó hacia ella y le rozó los labios con los suyos—. Siempre que pienso que ya sé cómo eres haces algo que me confunde.

—¿Y cómo piensas que soy?

—A veces pareces una chica insoportablemente mimada, con un sentido tan fuerte de tus propios derechos que casi me deja sin aliento, pero a continuación...

Amber se inclinó hacia él y lo acalló con un beso. Imaginaba lo que iba a decir a continuación y no quería escucharlo. No quería oír hablar de sus defectos y, sobre todo, no quería que Conall adivinara cuál era realmente la situación. Él era un hombre sexualmente experimentado, que sin duda iba a hacer algún comentario sobre su aparente torpeza e inocencia, y el instinto le decía que saldría corriendo si se enterara de la verdad, algo que ella no sería capaz de soportar. Porque deseaba a Conall Devlin. Le daba igual que aquello fuera a ser una aventura de una sola noche. En aquellos momentos no era capaz de pensar más allá de las urgentes necesidades que estaba manifestando su cuerpo.

Rodeó con los brazos el cuello de Conall y le dedicó una coqueta sonrisa.

–Ya sé que los irlandeses sois famosos por vuestra labia, ¿pero crees que podrías dejar la conversación para más tarde?

Los ojos de Conall parecieron destellar.

–Me va a encantar dejar de hablar, cariño. No hay nada como la acción.

Conall tomó a Amber en brazos y la llevó hasta la cama. Tras dejarla tumbada, se inclinó a tomar uno de sus pezones entre sus labios. Amber cerró los ojos cuando, tras acariciárselo con la lengua, lo mordisqueó con delicadeza entre sus dientes. Una exquisita sensación recorrió su cuerpo mientras Conall movía su morena cabeza sobre ella. Sin dejar de acariciarla, deslizó una mano bajo sus braguitas y acarició el vello rizado de su pubis antes de alcanzar la acalorada piel del los labios de su sexo.

Amber se sentía tan húmeda... tal vez por eso Conall dejó escapar una ronca risa que hizo que un placentero y cálido estremecimiento recorriera su espalda. La boca se le secó cuando Conall empezó a acariciarla con los dedos. Fue como si estuviera construyendo un muro de placer para ella, ladrillo a delicioso ladrillo. Acababa de separar instintivamente las piernas cuando, de pronto, Conall paró.

Amber abrió los ojos, aterrorizada ante la posibilidad de que hubiera cambiado de opinión.

Pero Conall sonrió mientras movía la cabeza.

–No –dijo–. Así no. No la primera vez.

Se apartó de la cama y, tras desvestirse rápidamente, sacó un preservativo del cajón de la mesilla de noche. El temor a decepcionarlo que empezaba a hacer mella en Amber se esfumó cuando lo vio completamente desnudo. Parecía una estatua clásica, con unos hombros anchos y poderosos que descendían hasta unas estrechas caderas y unos fuertes muslos. Su mirada se vio inevitablemente atraída hacia su poderosa erección, cuya palidez contrastaba con el negro vello de su pubis. Amber sintió que su pulso se disparaba. Nunca había llegado tan lejos con ningún hombre y tal vez debería haberse sentido intimidada por lo que estaba viendo. Pero no se sentía intimidada. Sentía que aquello era algo natural, algo que, simplemente, debía suceder.

–Me gusta –murmuró Conall mientras volvía a la cama y la tomaba entre sus brazos

–¿A... qué te refieres?

–A tu expresión. Casi parece que es tu primera vez. ¿Has pasado años perfeccionando esa expresión maravillada e inocente para excitar a los hombres?

Conall no podía haberle ofrecido mejor pie para que le dijera la verdad, pero Amber fue incapaz de hacerlo, porque enseguida volvió a besarla y a acariciarla mientras le hacía sentir la dureza de su miembro contra el vientre.

–Conall... –murmuró cuando él se apartó un momento para quitarle las braguitas mientras ella alzaba instintivamente las caderas para ayudarlo.

–Eras tú la que no quería hablar –dijo él con voz ronca mientras sacaba el preservativo y empezaba a ponérselo–. Aunque tal vez sería mejor que me dijeras algo para distraerme, porque nunca he tenido tantas dificultades para ponerme un maldito preservativo.

–Ten... cuidado.

–No te preocupes, cariño. Tener un bebé contigo no forma parte de mis planes.

Aquel comentario resultó extrañamente doloroso para Amber, pero le sirvió para centrarse en lo que Conall le estaba haciendo sentir y para apartar de su mente los conflictivos pensamientos que la estaban asaltando.

De manera que le devolvió los besos con una pasión que surgió de un lugar muy profundo de su interior y, con creciente confianza, comenzó a acariciar la satinada piel del cuerpo de Conall con las manos y la boca. Y cuando él se situó sobre ella y le hizo separar los muslos, el temor que había sentido ya era casi un recuerdo. A fin de cuentas tenía veinticuatro años. ¡Ya era hora!

Conall dejó escapar un ronco gruñido al penetrarla, consciente de que debía tener mucho cuidado, porque estaba tan excitado que podía llegar al orgasmo de inmediato. Y Amber estaba tan prieta... El corazón latió con especial fuerza en su pecho. Demasiado prieta. Masculló una maldición al comprender. Por un instante casi logró lo imposible y empezó a retirarse de ella, pero el momento se perdió cuando Amber gritó y él no supo si había sido de placer o de dolor. ¿Le habría hecho daño? Contempló su rostro, sus grandes ojos, como buscando su aprobación, y al instante cerró los suyos, pues no quería que Amber percibiera su rabia y su incredulidad mientras se movía dentro ella.

«La muy ladina», se dijo mientras la penetraba una y otra vez, haciéndole gritar de placer. Casi con fría precisión le hizo todo lo que más gustaba a las mujeres. Le alzó las caderas para penetrarla más profundamente mientras le acariciaba el clítoris, se movió despacio dentro de ella, y también rápidamente, y solo se permitió perder el control cuando sintió que Amber empezaba a temblar y a tensarse. Y entonces sucedió algo que no le había sucedido nunca antes. Como si lo hubieran coreografiado, ambos alcanzaron el orgasmo en el mismo instante. Amber arqueó la espalda sobre la cama y dejó escapar un prolongado y delicioso gemido mientras él se centraba en su propio orgasmo, que había ido creciendo en su interior como una gran ola antes de apoderarse por completo de él.

¿De verdad había pensado alguna vez que la caza era más tentadora que la conquista? Evidentemente, se había equivocado.

Capítulo 8

TE HAS comportado como...

Conall no terminó la frase y Amber no lo animó a hacerlo. No quería hablar y no quería escuchar lo que tuviera que decirle. Lo único que quería era seguir allí tumbada, repasando lo que acababa de suceder segundo a glorioso segundo. Recordar cómo la había besado, cómo había penetrado en su interior, la intensa conciencia que había tenido de las reacciones de su cuerpo, que habían parecido demasiado buenas como para ser ciertas. Pero habían sido reales, muy reales y ciertas. Conall Devlin le había hecho el amor y había sido perfecto.

Pero al terminar se había retirado de ella sin siquiera mirarla. Se había tumbado de espaldas y se había puesto a mirar el techo en completo silencio, como si hubiera estado pensando en lo que iba a decirle.

Y, por lo visto, así había sido.

—Te has comportado como si tuvieras mucha experiencia, y no era cierto —dijo finalmente Conall en tono acusador.

Amber se arriesgó a mirarlo, algo de lo que se

arrepintió de inmediato, porque hacerlo despertó en ella el deseo de volver a tocarlo y, por la pétrea expresión de su rostro, estaba claro que no habría sido buena idea hacerlo.

–¿Te ha molestado que fuera virgen? –preguntó Amber en un tono mucho más calmado de lo que habría esperado. Tal vez se debía a las endorfinas que estaban recorriendo su cuerpo, responsables de hacerle sentirse como si estuviera flotando en el agua bajo un delicioso sol–. ¿Te molesta que no tuviera mucha experiencia?

Conall se volvió a mirarla con ojos brillantes.

–¿Tú qué crees? Ya sabías cuál era el trato.

–¿El trato? –preguntó Amber con las cejas alzadas–. ¿Qué trato?

–¡Te había dicho que iba a ser una aventura de una noche!

–¿Y las vírgenes no pueden tener aventuras de una noche?

–Sí... ¡No! ¡Deja de malinterpretarme!

–Estoy confundida, Conall. Aún no sé por qué estás tan enfadado.

–Sabes muy bien por qué.

–No lo sé.

–Hay una regla que no se menciona sobre el sexo: si careces de experiencia, deberías habérmelo dicho.

–¿Por qué? ¿Para que fueras «delicado» conmigo?

–Para haber podido darme la vuelta y marcharme.

–Porque... ¿no me deseabas?

Conall percibió la incertidumbre del tono de Amber, pero sabía que era una consumada actriz. Se había hecho la vampiresa y lo había engañado. Había fantaseado sobre los trucos sexuales que hubiera podido aprender a lo largo de los años, había esperado ver cómo los desplegaba con él... ¡no que gritara de aquel modo cuando le había desgarrado el himen! O que se aferrara a él como una niña pequeña a un juguete cuando más profundamente la había penetrado. La expresión maravillada de su rostro no había sido fingida.

–Sabes que te deseaba. Mi cuerpo está programado para ello. Es una reacción que escapa a mi control.

–Vaya. Gracias.

Conall movió la cabeza.

–Se supone que la primera vez debe ser especial. Si lo hubiera sabido habría hecho lo correcto y me habría ido. Pero tú querías algo y has ido lanzada a por ello, porque esa es la clase de mujer que eres. Amber siempre consigue lo que quiere Amber, ¿no?

–Si quieres pensar eso, piénsalo.

Conall frunció el ceño.

–Pero no entiendo por qué. ¿Cómo es posible que alguien que tiene tu aspecto y se comporta como tú no haya tenido nunca relaciones sexuales?

Amber no sabía cuánto contarle, pero tampoco tenía ningún sentido pretender que era una mujer normal que había llevado una vida normal.

–Porque no me gustan los hombres –dijo lentamente–. Y no me fío de ellos.

–¿Y por qué has decidido cambiar de costumbres precisamente con uno al que apenas conoces hace dos semanas y que ni siquiera te ha invitado a salir?

Amber sintió que se ruborizaba, pero la pregunta de Conall era muy lógica.

–Estoy segura de que tu colosal ego no necesita que le explique por qué he sucumbido contigo. Sabes que resultas muy atractivo para las mujeres, Conall. Debe ser una mezcla de ese encanto irlandés y de lo seguro que estás de saber siempre lo que es mejor. Debe ser genial tener esa seguridad en uno mismo.

–Estábamos hablando de ti, no de mí. Y aún no me has dado una explicación.

–¿Tengo que hacerlo?

–¿No crees que me la debes?

–No te debo nada.

–De acuerdo. ¿Y qué te parece si me lo dices como un favor por haberte dado tanto placer durante la última hora?

Amber tragó saliva al enfrentar el arrogante destello de la mirada de Conall. En cierto modo todo resultaba más cómodo cuando se mostraba odioso, porque eso le frenaba a la hora de hacerse ilusiones respecto a él.

–Tal vez se debió a que no tuve precisamente los mejores modelos de comportamiento mientras crecía.

–¿Te refieres a tu padre? –preguntó Conall con curiosidad.

–No solo a mi padre. Hubo muchos otros. Para empezar, los amantes de mi madre.

–¿Tuvo muchos?

–Supongo que podría decirse que sí –Amber rio sin humor–. Cuando mis padres se separaron, mi padre concedió a mi madre una pensión muy generosa, supongo que por los remordimientos de conciencia que le producía haberse enamorado de otra mujer. Pero, por muy tópico que resulte decirlo, lo cierto es que el dinero no compra la felicidad. Mi madre no fue capaz de enfrentarse a seguir viviendo en Inglaterra después de haber sufrido la humillación de haber sido sustituida por la cuarta esposa de mi padre, de manera que decidió hacer un tour por Europa, que más bien fue un tour por sus habitantes masculinos. El problema era que estaba divorciaba y tenía una niña, que no era precisamente la mejor combinación para ayudarla en su ardiente persecución de un nuevo compañero –Amber dio un prolongado suspiro antes de continuar–. El problema era que casi todos los hombres que conocía estaban casados. Acabamos siendo perseguidas en Roma y en Atenas, y tuvimos que huir de Nápoles en plena noche. Solo en París logró cierto grado de aceptación, pues los franceses son más tolerantes con esas cosas. Pero mi madre nunca quiso ser la segunda en nada, y...

–¿Y?

Amber sintió un arrebato de indignación al enfrentar la dura mirada de Conall. ¿Por qué la estaba interrogando como si fuera un policía? ¿Por qué estaba empeñado en destruir los deliciosos recuerdos de lo que acababa de pasar entre ellos?

–Estoy esperando –insistió él con suavidad.

–No quiero hablar de ello – Amber miró al techo con expresión testaruda–. Murió, ¿vale? A mí me trajeron de vuelta a Inglaterra prácticamente a rastras, a vivir con mi padre, que por entonces iba por su quinta esposa. Yo sentía que no encajaba en ningún sitio, y sabía que su última esposa no me quería a su lado. Para mi padre yo suponía un problema que no sabía cómo resolver, y trató de compensarlo con dinero. Empecé a hacer toda clase de cursos, pero solo los que él consideraba adecuados, por supuesto. Pero no llegué a acabar ninguno. No sabía cómo enfrentarme a la vida normal, y había conocido a tantos hombres repulsivos mientras crecía que no estaba interesada en intimar con ninguno.

–Comprendo.

Amber se cubrió con la sábana hasta el cuello antes de girar en la cama para poder mirar a Conall.

–¿Y qué es lo que comprendes?

Conall dejó escapar una breve risa.

–Comprendo por qué parecía tu padre tan empeñado en ayudarte a salir del camino que llevabas. Detecté un matiz de arrepentimiento en su actitud, como si estuviera tratando de reparar de algún modo los errores que había cometido en el pasado. Debió comprender que darte dinero y facilitarte tanto las cosas no era lo más conveniente para ti. Por eso te cerró el grifo.

–Vaya. ¡Deberías haber sido detective!

–Pero no te ha gustado nada verte en la ruina, ¿verdad, Amber? No te ha gustado tener que asumir las circunstancias y ponerte a trabajar duro, como hacemos el resto de los humanos.

–Pensaba que había hecho un buen trabajo para ti con el príncipe esa noche –se defendió Amber, dolida.

–Y lo has hecho –reconoció Conall, reacio–. Se ha quedado muy impresionado contigo, aunque con la elegancia de tu vestido y tus perlas tampoco es de extrañar, y más aún si sumamos a eso tu batir de pestañas mientras bailabais. Pero supongo que no has tardado en averiguar que no estaba interesado en ti y enseguida has organizado un plan alternativo.

–¿En serio? ¿Y cuál era ese plan, Conall? ¿Te importaría iluminarme al respecto?

–Creo que entiendo por qué seguías siendo virgen –dijo Conall lentamente–. Con una madre tan sexualmente voraz como la tuya, debiste comprender muy pronto que la virginidad es el mejor regalo que una mujer puede conceder a un hombre.

–Y ahora la he perdido, claro.

–Sabes muy bien de qué estoy hablando, Amber. Has jugado a hacerte la vampiresa conmigo. Te diste cuenta de que la química que había entre nosotros era muy real y que yo tan solo quería sexo. Habíamos llegado a un acuerdo entre adultos y de pronto me sales con esta sorpresa. ¡Eres virgen! Aunque, si me paro a pensarlo, tal vez tampoco sea tan sorprendente –Conall rio brevemente–. Una mujer sin nada que ofrecer excepto su virginidad se arroja en brazos de un hombre anticuado y con conciencia y el resultado es muy predecible.

–¿Qué resultado?

A pesar de su frío color, los ojos de Conall parecieron capaces de abrasar la piel de Amber.

–Eso da igual... al menos de momento –sus labios se transformaron en una severa línea cuando añadió–. ¡He sido un estúpido impetuoso por haberte llevado a la cama!

–¿Entonces por qué no nos haces a los dos el favor de salir de ella?

Amber no esperaba que Conall interpretara literalmente sus palabras, pero lo hizo. Apartó con impaciencia las sábanas y se alejó de la cama como si estuviera contaminada. El impacto de verlo completamente desnudo mientras se encaminaba a una de las ventanas del dormitorio hizo que Amber fuera incapaz de apartar la mirada de su magnífico físico. En lo único que logró pensar fue en lo pálidos que parecían sus firmes glúteos en comparación con el moreno de su espalda y piernas. Solo reaccionó al sentir cómo se humedecía su sexo.

Conall la estaba acusando de haber utilizado su virginidad para alcanzar un propósito, como si no fuera más que una mujer fría y manipuladora.

¿Cómo era posible que siguiera deseándolo a pesar de aquello? ¿Por qué quería volver a sentir el roce de sus labios mientras se tumbaba sobre ella antes de penetrarla? ¿Sería ella una de esas mujeres a las que solo les excitaba que los hombres fueran crueles con ellas, como le había pasado a su madre?

–¿Vas a irte? –preguntó con voz ronca, consciente de que las cosas serían más fáciles si no lo tenía delante.

Cuando Conall se volvió, Amber vio que estaba poderosamente excitado. Aunque trató de no reaccionar, algo en su rostro debió traicionar sus pensamientos, pues Conall le dedicó una fría y dura sonrisa.

–Oh, sí –murmuró–. Aún te deseo, sin duda. Pero esta vez no voy a ser tan estúpido como para hacer contigo algo al respecto –añadió mientras recogía su ropa y empezaba a vestirse–. Me voy a la cama. Necesito dormir y decidir qué hacer respecto a esto. Mañana te subirán el desayuno a la habitación a las ocho y luego te llevaré a Londres.

Amber negó con la cabeza.

–No quiero volver a Londres contigo. Regresaré en tren, como he venido.

–No es un tema abierto a negociaciones, Amber. Tú y yo tenemos que hablar, pero no ahora.

A continuación, Conall giró sobre sus talones y salió del dormitorio con paso firme, sin volver la mirada atrás.

A la mañana siguiente Amber devoró el desayuno que le subieron con sorprendente apetito. Al despertar había pensado que no tenía hambre pero, al parecer, su cuerpo tenía otras ideas.

Cuando bajó, Conall ya la estaba esperando fuera, con el coche en marcha.

Trató de no mirarlo mientras se sentaba a su lado, y durante el trayecto tan solo se comunicaron con monosílabos. Conall condujo directamente hasta el apartamento y, cuando detuvo el coche y apagó el motor, Amber no pudo evitar hacer un comentario sarcástico.

–Ya estamos aquí. Por fin en casa –dijo animadamente–. Aunque no por mucho tiempo, porque mi malvado arrendador va a echarme pronto a la calle.

–Precisamente de eso quería hablar contigo –dijo Conall mientras salía del coche.

–No estarás planeando entrar, ¿no?

–No lo estoy planeando, Amber. Voy a hacerlo. Y no hace falta que pongas esa cara de susto. No tengo intención de saltar sobre ti en cuanto entremos.

Extrañamente, aquello no supuso ningún consuelo para Amber. ¿Sería posible que un único episodio de sexo hubiera apagado el deseo de Conall para siempre? Porque el hombre que tan apasionadamente le había hecho el amor el día anterior estaba manteniendo deliberadamente las distancias con ella aquella mañana.

En cuanto estuvieron dentro del apartamento, se volvió hacia él cruzada de brazos.

–Así que, ¿cuál es el veredicto? –preguntó.

–Creo que deberíamos casarnos –dijo Conall, sin dar el más mínimo indicio de que se tratara de una broma.

Amber parpadeó, atónita, y, aunque sabía que

era una reacción absurda, no pudo reprimir el destello de esperanza que empezó a bailar en torno a su corazón. Tragó saliva.

–¿Estás hablando en serio?

–Sí –Conall entrecerró los ojos–. Sé que no es la solución ideal, pero es la única razonable.

–Creo que necesito sentarme –dijo Amber débilmente mientras se dejaba caer en uno de los sillones de cuero blanco del salón bajo la penetrante mirada de Conall–. ¿Qué te ha hecho pensar que querría casarme contigo?

–¿No pensaste en ningún momento que ofrecerme tu virginidad acabaría creándome problemas de conciencia? Prometí a tu padre ocuparme de ti y lo que he hecho ha sido traicionar su confianza aprovechándome de ti. Y la confianza es algo muy importante para mí –añadió Conall con dureza.

–Mi padre no tienes por qué enterarse. No tiene por qué saberlo nadie.

–Yo lo sabré y eso basta –replicó Conall–. La única forma que se me ocurre de legitimar lo sucedido es convertirte en mi esposa de un modo temporal.

Amber lo miró con expresión desafiante.

–¿Estás diciendo que estás dispuesto a casarte conmigo solo para sentirte mejor?

–No del todo. Nuestro matrimonio también supondría ciertas ventajas para ti.

Amber abrió la boca, consciente de que no debería decir lo que iba a decir, aunque, a fin de cuentas, ¿por qué no hacerlo? Conall ya la había visto com-

pletamente desnuda, la había acariciado íntimamente, había deslizado la lengua por todo su cuerpo,
la había penetrado, había escuchado sus gemidos
de placer mientras lo rodeaba con las piernas por la
cintura... ¿Qué tenía que perder?

–¿Te refieres al sexo?

Conall negó firmemente con la cabeza.

–No. Nada de sexo. No quiero complicaciones.
Será meramente un matrimonio de conveniencia
con un final planificado.

Amber entrecerró los ojos para ocultar su reacción al escuchar aquello. ¿Le había bastado aquel
breve encuentro sexual a Conall para cansarse de
ella?

–No entiendo –contestó, esforzándose por ocultar el dolor que le había producido su rechazo.

–Tu padre quería que te independizaras, que fueras capaz de moverte en el mundo por ti misma, y
si acabas siendo una rica divorciada podrás lograrlo.

–¿Una rica divorciada? –repitió Amber con voz
ronca.

–Claro. ¿Qué esperabas? ¿Qué dentro de cin-
cuenta años estuviéramos celebrando nuestras bodas de plata mientras jugábamos con nuestros nie-
tos? –Conall sonrió con cinismo–. Nos casaremos
de inmediato, porque los matrimonios rápidos
siempre hacen pensar a los crédulos que detrás hay
un intenso romance.

–Pero tú no lo crees, claro.

–Soy un realista, Amber, no un romántico.

–Yo también –mintió ella.

–En ese caso ya somos dos, y eso facilita las cosas. Nos separaremos en tres meses y nadie se sorprenderá. Pondré esté apartamento a tu nombre y te concederé una pensión. Si quieres mi consejo, deberías aprovechar la oportunidad para hacer algo útil con tu vida. Tu padre te verá florecer con tu recién encontrada independencia. No tendrá argumentos para criticarte por tu matrimonio fallido y yo tendré limpia mi conciencia.

–Veo que lo tienes todo muy bien planeado –dijo Amber lentamente.

–Estoy especializado en solucionar problemas. ¿Qué me dices, Amber?

Amber apartó la mirada. Absurdamente, no sentía ningún rechazo ante la idea de estar casada con Conall, aunque no entendía por qué. ¿Se debería a que a su lado se sentía segura y protegida? ¿O sería porque en el fondo esperaba que cambiara de opinión respecto a lo de «nada de sexo»? Un hombre tan viril como él no estaría preparado para coexistir platónicamente con una mujer a su lado, por falsa o breve que fuera a ser su relación.

Y lo que le estaba ofreciendo no era ninguna tontería. Como divorciada acabaría adquiriendo cierta respetabilidad, una especie de medalla que demostraría que al menos una vez alguien la había querido lo suficiente como para casarse con ella...

Pero, en realidad, Conall ni la quería ni la deseaba.

Una conocida sensación de pánico comenzó a adueñarse de ella. Se sentía como el día que la llevaron a casa de su padre tras la muerte de su madre. Él tampoco la había querido a su lado...

Pero aunque la proposición de Conall fuera realmente desalentadora, la alternativa no era más alentadora. No tenía dinero. No tenía las cualificaciones necesarias para encontrar un trabajo respetable. No tenía ningún control sobre su vida. Tragó saliva. En un mundo ideal, o en una película, habría rechazado la oferta de Conall y se habría ido de allí con la cabeza alta sin mirar atrás. ¿Pero adónde habría ido?

¿No podría suponer aquel matrimonio una puerta abierta a un futuro mejor?

—De acuerdo, me casaré contigo —dijo finalmente en tono despreocupado.

Capítulo 9

CON la esperanza de acabar creyéndoselo, Amber no dejó de repetirse una y otra vez que aquello no iba a ser una boda auténtica. Aquel matrimonio no iba a ser más que una farsa montada para aliviar la conciencia de Conall y para solucionar sus propios problemas financieros.

Pero a pesar de todo, a pesar del funesto ejemplo de sus padres, tuvo que esforzarse para dejar de pensar en el glamuroso vestido de novia que le habría gustado llevar y en las flores que le habría gustado que adornaran su pelo. Porque los vestidos glamurosos y las flores eran algo romántico y, como Conall había dejado bien claro, aquello no tenía nada que ver con un romance.

De manera que eligió un vestido de falda y chaqueta que consideró adecuado para la ceremonia civil y se sujetó el pelo en un severo moño adornado con un ramito minimalista de azucenas.

La ceremonia fue breve. Su padre, que aún seguía en su áshram, no había podido asistir, y Conall había insistido en que las celebración fuera también breve.

—No quiero que esto se convierta en una gran

fiesta. Invitar a mis amigos a conocer a una mujer con la que no voy a compartir mi vida más que unas semanas sería una pérdida de tiempo. Mientras ofrezcamos a la prensa las fotos que quieren, a nadie le importara.

Pero, a pesar de sí misma, a Amber sí le importó. Trató de convencerse de que suponía un alivio no tener que invitar a nadie y simular que se sentía muy feliz, aunque lo cierto era que le habría gustado que Conall la hubiera tomado entre sus brazos para besarla después de ponerle el anillo de oro en el dedo. Pero no lo hizo, por supuesto. Esperó a salir del edificio, donde los aguardaba una hilera de periodistas y fotógrafos. Visto desde fuera, el beso que le dio debió parecer realmente apasionado, y Amber no pudo evitar que su corazón se desbocara cuando lo recibió, a pesar de que los labios de Conall permanecieron fríos y duros como el mármol mientras la besaba.

Después acudieron al hotel Granchester, donde, a pesar de poseer una gran mansión en Notting Hill, Conall había reservado la suite nupcial.

–Creo que es mejor que los primeros días permanezcamos en terreno neutral –había explicado–. Así todo el mundo sabrá que somos marido y mujer y nosotros podremos centrarnos en planear cómo hacer funcionar este... matrimonio. Además, el hotel está acostumbrado a tratar con la prensa.

Cuando entraron en la magnífica suite del hotel, Conall frunció el ceño al ver que la enorme cama del dormitorio estaba cubierta de pétalos de rosas rojas.

−¿Por qué diablos harán eso? −murmuró

−Probablemente para que el ambiente resulte más romántico −dijo Amber mientras empezaba a quitarse las horquillas del moño con un inevitable sentimiento de aprensión e incertidumbre.

−Es un detalle realmente cursi.

Tras quitarse los zapatos de tacón. Amber ocupó uno de los asientos del cuarto de estar de la suite y miró a Conall con gesto de desafío.

−¿Y ahora qué?

Conall llevaba temiendo aquella pregunta desde el día en que Amber accedió a casarse con él. De hecho, había esperado una llamada posterior de Amber para decirle que había cambiado de opinión, que le parecía totalmente absurdo que, viviendo en la época en que vivían, fueran a seguir adelante con un matrimonio que ninguno de los dos quería solo porque habían mantenido relaciones sexuales una vez siendo ella virgen.

Pero Amber no le había llamado y él había acabado atrapado en una relación con ella que debía durar al menos tres meses. Y la relación debía parecer real, lo que significaba que iba a tener que estar con ella simulando que eran marido y mujer. En sus relaciones anteriores siempre se había ocupado de conservar una ruta de escape, algo con lo que no contaba en esta, y eso le producía una extraña sensación de vértigo.

Se acercó a un cubo de hielo que había en un aparador entre dos jarrones de flores y sacó la botella de champán que contenía.

—Creo que merecemos una bebida, ¿no te parece? —dijo mientras descorchaba la botella.

—Por favor.

Tras servir champán en dos copas, Conall entregó una Amber esforzándose por no mirar sus largas y morenas piernas.

—¿Por qué vamos a brindar, Conall? —preguntó ella mientras él ocupaba un asiento frente a ella.

Conall sintió que se le secaba la boca mientras trataba de no dejarse afectar por la sensualidad que emanaba de Amber. ¿Cómo era posible que una mujer pudiera parecer tan sexy después de haber mantenido relaciones sexuales una sola vez en su vida? Pero había jurado olvidar por completo la noche que habían pasado juntos, no ceder a la tentación de volver a hacerle lo mismo una y otra vez. Tragó saliva al sentir cómo arreciaba su pulso a la vez que su deseo se evidenciaba entre sus piernas

—¿Por tres meses libres de discusiones?

Amber alzó una ceja.

—¿Crees que eso es posible?

—Creo que cualquier cosa es posible si nos empeñamos en ello.

—¿Y se puede saber cómo vamos a lograr que funcionen las cosas habiendo una sola cama?

Conall bebió una largo sorbo de champán antes de contestar.

—Por si no lo has notado, es una cama muy grande.

—¿Y crees que... no te sentirás tentado?

Conall dejó escapar una seca risa.

—Estoy seguro de que me sentiré tentado, porque

eres una mujer muy atractiva y la noche que estuve contigo fue realmente satisfactoria. Pero soy capaz de resistir cualquier cosa si me lo propongo. Incluso a ti.

Amber dejó su copa en la mesa, subió las piernas al sillón y las dobló recatadamente debajo de sí misma. A pesar de que el gesto no tuvo nada de provocador, Conall experimentó un deseo casi incontenible de deslizar una mano por sus sedosos muslos para comprobar si estaba húmeda y lista para él.

–Pues vamos a tener que hacer algo para pasar el rato –dijo Amber mientras miraba a su alrededor–. Y no he visto por aquí ningún juego de mesa.

–Los juegos de mesa no suelen ser una de las actividades favoritas de los recién casados –dijo Conall con ironía.

–En ese caso, podemos dedicarnos a averiguar más cosas el uno del otro –sugirió Amber con una animada sonrisa–. Nos resultará útil si antes de divorciarnos nos vemos forzados a participar en unos de esos horribles programas de la televisión en los que entrevistan a parejas de recién casados. Además, yo te he contado muchas cosas sobre mí, pero tú sigues siendo un gran misterio para mí.

Y así era como Conall quería que siguieran las cosas. Tomó un nuevo sorbo de champán. Resultar enigmático era un estilo de vida que había elegido voluntariamente. Mantener a la gente a distancia era una manera de no sufrir. El dolor no era un buen consejero para pensar con claridad. La única ocasión en que había perdido el control en su vida se asustó mucho. Las cosas pudieron acabar muy mal, y juró no volver a perderlo nunca más.

Pero lo cierto era que también lo perdió la noche que estuvo con Amber. Mantuvo relaciones sexuales con ella a pesar de que se había jurado no hacerlo, a pesar de que nada más penetrarla supo la verdad.

Amber tenía razón. ¿Qué otra cosa podían hacer excepto hablar? Necesitaba algo con que distraerse de la tentación de arrancarle aquel traje blanco para hacer con ella lo que realmente deseaba. En último extremo, podía hacerle firmar un acuerdo de confidencialidad cuando llegara el momento del divorcio.

–¿Y qué es lo que quieres saber sobre mí? –preguntó con ironía–. Déjame adivinar. ¿Quieres saber por qué no me he casado? Eso suele ser lo primero que interesa a las mujeres.

–¿Por qué eres tan cínico, Conall?

–Puede que la vida me haya hecho de ese modo. ¿Es cinismo manifestar la verdad?

Sus miradas se cruzaron. Conall pensó que los ojos entrecerrados de Amber parecían dos brillantes esquirlas de cristal verde en su pálido rostro.

–¿Cómo es que mi padre y tú llegasteis a tener una relación tan cercana?

–Ya te lo dije. En otra época trabajé para él.

–Pero eso no explica vuestra relación, una relación lo suficientemente íntima como para que mi padre te pidiera que te hicieras cargo de mí. ¿Por qué confía tanto en ti?

–Porque en una ocasión me hizo un gran favor y estoy en deuda con él.

–¿Qué clase de favor?

Conall dejó su copa en la mesa y se apoyó contra el respaldo del sillón con las manos tras la cabeza.

–Es una larga historia.

–Me gustan las historias largas.

Conall pensó que tal vez sería mejor revivir los paisajes de su incómodo pasado que seguir allí pensando en lo guapa que estaba Amber vestida de novia.

–Todo empezó cuando obtuve una beca para asistir al mismo colegio que tu hermano, una beca que permitió al hijo ilegítimo de una asistenta irlandesa ingresar en una de los colegios más exclusivos del país. Allí fue donde aprendí a montar y a disparar –Conall dejó escapar una irónica risa antes de añadir–: A comportarme como un auténtico caballero inglés.

–Pero no lo eres, ¿verdad? –dijo Amber.

Conall contempló un momento su expresión ligeramente burlona.

–No. No lo soy. Pero cuando vas a un sitio como ese tienes dos opciones: o tratas de mezclarte y imitar a los demás chicos, o tratas de seguir siendo quien eres. Y después de lo mucho que se había esforzado mi madre para lograr que estudiara allí, juré permanecer fiel a mis raíces. Creo que Ambrose admiraba esa faceta de mi personalidad. De hecho, lo conocí antes de obtener la beca y me hice amigo de su hijo. En alguna ocasión le limpié el coche, porque mi madre trabajaba de asistenta para unos amigos suyos. Los Cadogan.

Amber asintió.

—Conozco a los Cadogan.

—Claro que los conoces. Son una de las familias mejor conectadas de Inglaterra... —Conall notó cómo se endurecía su tono de voz. De pronto, los recuerdos regresaron en tromba y lo alcanzaron como una ola que no hubiera visto llegar. Sintió los pesados latidos de su corazón y experimentó el repentino deseo de escapar de allí y ponerse a caminar sin parar.

—Estabas hablando de los Cadogan —dijo Amber, animándolo a seguir.

El comentario sirvió para despejar un poco la mente de Conall, que estuvo a punto de decirle que aquello no era asunto suyo. Pero llevaba con aquello dentro más años de lo que podía recordar y tal vez resultaría terapéutico para Amber enterarse de algo positivo sobre su padre.

—Mi madre empezó a trabajar para la familia desde que bajó del ferry de Rosslare. Le hacían trabajar mucho, y duro, pero ella nunca se quejó, pues agradecía mucho que le hubieran dejado estar con su bebé en la casa —Conall alzó las cejas—. Supongo que para ti no es habitual escuchar algo contado desde el punto de vista de las clases bajas, ¿no?

—Ser rico no garantiza la felicidad. Creía que estábamos de acuerdo en eso —dijo Amber—. Y haz el favor de no interrumpir tu historia cuando empieza a ponerse más interesante.

—¿Interesante? Yo no habría elegido precisamente esa palabra —dijo Conall con ironía—. Un día desapareció de la casa un anillo con un diamante que había pertenecido durante generaciones a la familia, y una de las hijas de los Cadogan acusó a mi madre de haberlo robado –el corazón de Conall se encogió al recordar la apesadumbrada voz de su madre cuando lo llamó por teléfono para contárselo–. Mi madre era una persona honrada, íntegra. No podía creer que la familia para la que tanto tiempo llevaba trabajando la acusara de ser una ladrona.

–¿Y qué pasó? –preguntó Amber al ver que se quedaba callado.

Conall dejó escapar un profundo suspiro.

–Dado el tiempo que llevaba trabajando para ellos, decidieron no denunciarla, pero la echaron. Mi madre no tardó en encontrar otro empleo como limpiadora en un colegio, pero nunca superó lo sucedido –Conall sintió que un nudo atenazaba su garganta. La sensación de impotencia que experimentó entonces seguía aún muy viva en su interior–. Murió meses después, cuando aún era una persona joven.

–¡Oh, Conall!

Conall alzó la mano en un gesto imperioso, pues no necesitaba la compasión de Amber Carter. No quería que le ofreciera su lástima.

–Ahí habría acabado todo si yo no hubiera vuelto a casa de los Cadogan, donde conseguí que una de las hermanas me contara lo que de verdad había pasado. Me dijo que el anillo había sido robado por el novio de su hermana, un joven aficionado a las drogas. Pero, para acallar el escándalo, decidieron utilizar a mi madre como chivo expiatorio –Conall rio con amargura–. Y entonces yo decidí vengarme.

–¡Oh, Conall! –susurró Amber–. ¿Y qué hiciste?

–No te preocupes tanto, Amber. No pegué a nadie, si es a lo que te refieres, pero les hice daño en lo que sabía que les importaría. Una noche me hice con varios botes de rociadores de pintura y cubría las preciosas paredes de su casa con pintadas pensadas para hacer saber al mundo lo corruptos que eran. Causé muchos daños y llamaron a la policía. Era mi palabra contra la suya, pero su apellido era considerado uno de los más respetables del país, mientras que yo era un simple matón.

–¿Y qué tuvo que ver mi padre con todo eso? –preguntó Amber.

–Ambrose se presentó en la comisaría cuando yo ya me enfrentaba a la posibilidad de acabar en la cárcel. Debió avisarlo Rafe. Ambrose explicó en comisaría que su hijo y yo éramos amigos desde hacía años y que estaba seguro de que mi comportamiento se había debido a una ofuscación pasajera. No sé si habló con los Cadogan, pero los cargos que había contra mí fueron retirados y Ambrose me ofreció un trabajo de peón en su constructora. Me dijo que debía demostrar mi valía y que no quería enterarse de que volvía a adentrarme por la senda del mal. De manera que trabajé duro y fui ascendiendo poco a poco, dispuesto a agradecerle la fe que había demostrado tener en mí. Ahorré todo lo que gané durante unos años, hasta que pude comprar mi primera propiedad. Como suele decirse, el resto es historia.

Después de escuchar aquello Amber pensó que comprendía mucho a mejor a Conall Devlin, y también experimentó cierta admiración por él. No había duda de que era un hombre muy trabajador y leal, aunque también parecía carecer de corazón. Al menos ahora podía comprender en parte los prejuicios que manifestaba hacia ella. Para él no era más que otra niña caprichosa más de clase alta que pasaba por la vida sin preocuparse por los atropellos que podía cometer, como habían hecho los Cadogan con su madre.

Y, a pesar de lo que se estaba esforzando Conall por ocultarlo, también pudo ver su dolor. Pero ella también era experta en ocultar su dolor y, a pesar de que todo aquello parecía una locura, deseó acudir a su lado para rodearlo con sus brazos y ofrecerle su cariño, su cuerpo, que estaba anhelando recibir sus caricias. Pero, como ya había dejado bien claro Conall, el sexo estaba fuera del menú.

Volvió la mirada hacia la puerta que daba al dormitorio y se preguntó cómo iba a ser capaz pasar la noche teniendo prohibido acercarse a él. Porque quería tocarlo. Quería sentir sus expertos dedos acariciándola, quería redescubrir los placeres del sexo.

Tomó un sorbo de champán. Sabía que si empezaba a insinuarse Conall perdería el poco respeto que ya sentía por ella. La única manera de abordar aquel asunto era siendo sincera con él. Y, a fin de cuentas, ¿qué tenía que perder?

–¿Conall?

–Vale ya de preguntas, Amber –dijo él, impaciente–. No quiero hablar más de ese asunto.

–No iba a hacerte más preguntas sobre el pasado. Pero me preguntaba qué vamos a hacer para llenar el tiempo de nuestro matrimonio, por breve que vaya a ser –Amber se encogió de hombros y enseguida captó en la oscura mirada de Conall el destello de fascinación que, al parecer, le producía cada uno de sus movimientos. Aquello la animó a seguir hablando–. A pesar de lo que he dicho antes, no podemos pasarnos hablando todo el tiempo. Ya hemos hablado de nuestro pasado y los dos sabemos que no va a haber ningún futuro.

–Parece que estás preguntando algo sabiendo ya cuál va a ser la respuesta.

–Puede que sí –Amber dudó un instante antes de añadir–: Pero necesito saber si estás de acuerdo conmigo.

–¿En qué tengo que estar de acuerdo contigo, Amber? –preguntó Conall con el ceño fruncido.

–Me gustaría... –Amber se humedeció los labios–. Lo que me gustaría sería que me enseñaras todo lo que sabes sobre el sexo.

Capítulo 10

POR un momento, Conall pensó que no había entendido bien, pues lo que había dicho Amber había sonado como una de las fantasías que más alimentaban los hombres sobre las mujeres. ¿Enseñarle todo lo que sabía sobre sexo?

–¿Por qué, Amber? –preguntó mientras trataba de ignorar la repentina llamarada de calor que sintió recorriendo sus venas.

–¿No es evidente? Porque yo sé muy poco y tú sabes mucho. Ya sé...

–No te interrumpas ahora, por favor –murmuró Conall–. Esto empieza a ponerse interesante.

Amber encogió los hombros con un gesto que hizo recordar de inmediato a Conall la hambrienta expresión de sus ojos verdes justo antes de que la penetrara. Una nueva oleada de calor hizo que su miembro se endureciera y presionara contra la braugeta de su pantalón.

–Ya sé que este matrimonio no va a durar, pero...

–Déjame adivinar –interrumpió Conall–. Un día llegara tu caballero de brillante armadura galopando desde el horizonte para llevarte consigo y entretanto te gustaría aprender a excitarlo adecuadamente, ¿no?

Amber apartó un mechón de pelo de su frente con gesto de enfado.

—No era eso lo que iba a decir. Ya te expliqué que los hombres no me vuelven precisamente loca, pero he descubierto que me gusta el sexo. Al menos sé que me gusta el que tuve contigo... y parece una pena no aprovechar las circunstancias, ¿no crees?

Conall vio cómo se cubrían de rubor las mejillas de Amber mientras sentía cómo se agitaba su respiración.

—¿Quieres tratarme como una especie de semental?

—Esa descripción tampoco me parece adecuada. Yo preferiría decir que me gustaría aprovechar al máximo tu experiencia para aprender.

—¿Y se trataría de sexo sin ataduras?

—Por supuesto.

—¿Y sin límites?

—Eso depende de los límites.

Conall rio.

—¿Y qué me dirías si te pidiera que te desnudaras ahora mismo delante de mí?

—Diría que no tengo experiencia haciéndolo, pero que estoy dispuesta a intentarlo. Pero...

Conall alzó una ceja al captar la momentánea inseguridad que cruzó la expresión de Amber.

—¿Pero?

—Quiero sexo —susurró Amber—. Pero no quiero que me hagas sentir como un objeto.

Aquel ruego susurrado penetró finalmente la conciencia de Conall y le hizo comprender que se estaba comportando como un grosero.

–¿Y eso es lo que he estado haciendo? –preguntó con suavidad.

–Sí.

Conall se levantó y se encaminó hacia ella.

–En ese caso, será mejor que empecemos de nuevo. Ven aquí y veamos qué puedo hacer.

Amber sintió que se derretía cuando Conall le hizo ponerse en pie y tomó su rostro entre ambas manos antes de inclinarse a posar los labios sobre los de ella. Mientras la besaba, Conall deslizó las manos hacía abajo, contorneando lentamente las curvas de su cuerpo, y Amber sintió la inmediata respuesta de este.

–¿Quieres tomar una ducha? –murmuró Conall.

–Supongo que sí.

Conall tomó a Amber de la mano y la condujo hasta el enorme baño contiguo a la habitación. Amber trató de contener sus temblores pues, tras haber sido tan directa manifestando lo que quería, no podía volverse y decirle a Conall que se lo estaba pensando.

Porque se lo estaba pensando. De pronto le había entrado miedo. Iba a obtener exactamente lo que había pedido, y nada más. Por mucho que fuera a disfrutar, o por mucha ternura que hubiera en el sexo, no debía olvidar en ningún momento que en realidad no iba a significar nada.

Conall la tomó delicadamente por la barbilla y le

hizo alzar el rostro para mirarla a los ojos. Amber experimentó un estremecimiento de placer al ver el evidente deseo que había en su mirada.

–No sé si quitarte este vestido de novia es especialmente difícil. ¿Hay cierres ocultos y cosas parecidas?

–No –Amber sonrió mientras bajaba la cremallera lateral del vestido y salía de este sin mayores dificultades–. Aquí me tienes –dijo a la vez que extendía los brazos.

Resultó gratificante ver cómo abrió Conall los ojos de par en par al ver lo que tenía delante. La última vez que se había desnudado ante él llevaba una ropa interior muy poco alentadora, pero para esta ocasión había decidido sustituirla por la lencería más provocativa que había encontrado.

Las novias solían llevar siempre algo azul, y ella había elegido unas prendas del color de los ojos de Conall. Pequeñas tiras de seda y encaje sostenían unidos sus pechos, de manera que parecían desbordarse de los límites del sujetador como dos bolas de helado apiladas en conos gemelos. Las diminutas braguitas apenas cubrían su curvilíneo y alto trasero, y Conall dejó escapar un ronco gruñido de aprecio cuando deslizó posesivamente los dedos por el triángulo de seda delantero.

–Guau –murmuró con la boca repentinamente seca–. Esta es la clase de ropa interior en la que siempre te he imaginado.

Amber ladeó la cabeza mientras Conall contemplaba abiertamente sus pechos.

–De manera que me has imaginado a menudo en ropa interior ¿no?

–Me niego a responder a esa pregunta, porque podría incriminarme. Y más vale que también me desnudes a mí, porque me están temblando demasiado las manos como para poder hacerlo yo mismo.

Amber no necesitó que se lo pidiera dos veces. Tras quitarle la chaqueta y la camisa, centró su atención en desabrocharle el cinturón antes de bajarle lentamente la cremallera de la bragueta. Un instintivo murmullo de placentero asombro surgió de entre sus labios cuando el miembro de Conall escapó de su prisión y cayó duro y orgulloso sobre la palma de su mano. Pero en cuanto lo rodeó con esta para acariciárselo, Conall la sujetó con firmeza por la muñeca.

–No... –dijo con evidente urgencia–. Si acaricias así a un hombre cuando está excitado harás que se derrame en tu mano y eso hará que se retrase la gratificación que estás buscando.

Amber no estaba de acuerdo. Lo cierto era que le habría encantado tenerlo a merced de sus caricias. Además, no creía que el sexo fuera tan solo una «gratificación» física. Pero no dijo nada, y no solo porque carecía de la experiencia necesaria para defender aquel punto de vista, sino también porque Conall ya se estaba poniendo un preservativo.

Mientras Conall se quitaba los pantalones ella se libró rápidamente de su ropa interior. Tras abrir los grifos de la ducha, Conall tomó a Amber de la mano y la atrajo hasta situarse con ella debajo del chorro.

Amber experimentó una sensación muy dulce cuando Conall la estrechó contra su cuerpo, haciéndole sentir el roce del moreno vello de su pecho. Cuando inclinó la cabeza para cerrar los labios en torno a uno de sus pezones a la vez que deslizaba una mano entre sus piernas, Amber no supo si el calor que experimentó de debió al agua de la ducha o si surgió del interior de su cuerpo. Echó la cabeza atrás mientras las caricias de Conall se volvían más y más insistentes y, en cuanto empezó a penetrarla con un dedo, experimentó un orgasmo que le provocó violentos espasmos. Aún estaba jadeando cuando Conall le hizo rodearlo con las piernas por la cintura y le apoyó la espalda contra la pared de la ducha para penetrarla.

Era tan grande... Un lento y prolongado gemido escapó de entre sus labios. Tan grande... como si su miembro hubiera sido creado para encajar a la perfección en ella, como si su propio cuerpo hubiera sido creado para recibirlo a él, y solo a él. Sintió el calor acumulándose de nuevo en su interior a la vez que la repentina contención de Conall, como si él también lo hubiera sentido y, de pronto, mientras una nueva oleada de deliciosos espasmos comenzaba a recorrer su cuerpo, oyó que él dejaba escapar un profundo y tembloroso gemido. Pero toda conciencia de lo que estaba sucediendo fue abrumadoramente superada y anulada por lo que le estaba sucediendo a ella.

Apenas se dio cuenta de que Conall cerraba los grifos y la dejaba delicadamente en el suelo para secarla antes de llevarla de vuelta al dormitorio.

–Mi pelo se va a volver loco si no lo cepillo –murmuró mientras Conall apartaba los cobertores para dejarla en la cama.

–¿Quieres cepillártelo ahora? –preguntó él a la vez que apoyaba los labios contra la piel de su cuello– ¿O preferirías hacer otra cosa?

Amber ladeó la cabeza para facilitarle el acceso a su cuello.

–Prefiero hacer otra cosa.

En aquella ocasión le llevó más tiempo, como si todo estuviera sucediendo a cámara lenta. Los dedos de Conall parecían empeñados en recorrer cada centímetro de su piel. Sus besos se volvieron más y más exigentes mientras la penetraba una y otra y vez, y el nuevo orgasmo que le hizo experimentar pareció no tener fin.

Después, Conall pasó un brazo tras sus hombros y le hizo apoyar la cabeza contra su poderoso pecho mientras le acariciaba el pelo.

Amber sentía el cuerpo increíblemente pesado. El esfuerzo que tuvo que hacer para mantener los ojos abiertos fue casi sobre humano, pero necesitaba averiguar algo y, parpadeando, alzó la cabeza para mirar a Conall.

–Antes has pensado que iba a preguntarte por qué no te habías casado nunca y ha parecido sorprenderte que no lo hiciera.

–¿Y? –murmuró perezosamente Conall.

–Ahora quiero saberlo. ¿Por qué no te has casado nunca?

Conall apartó la mano del pelo de Amber y se

preguntó por qué querría estropear el delicioso estado de lasitud en que se encontraba. Pero tal vez debía aprovechar aquella oportunidad para dejar claros algunos de sus principios fundamentales... a pesar de lo mucho que acababa de disfrutar. Para ser tan inexperimentada Amber era tan ardiente... Cada vez que la tocaba se sentía prácticamente incapaz de controlar su deseo. Pero ella no tenía por qué saberlo. No debía saberlo.

—Me sorprende que alguien con tu pasado pregunte eso —dijo—. En mi opinión, casarse es como apostar en las carreras por un caballo cojo.

—¿Y ese es el único motivo? ¿Que las estadísticas estén en contra?

—Haces demasiadas preguntas, Amber —dijo Conall con suavidad—. A un hombre no le gusta que lo interroguen nada más acabar de tener sexo.

Amber lo miró a los ojos y lo que vio le hizo pensar que se le estaba acabando la paciencia.

—De acuerdo. Entonces, ¿seguimos con el sexo?

Conall aplaudió en silencio su falta de inhibición, pero aún se sentía «expuesto» por todo lo que le había revelado, y necesitaba recuperar el control. El sexo podía esperar.

—Me temo que ahora mismo no es posible.

—¿En serio? —preguntó Amber, decepcionada.

Conall apartó las sábanas y salió de la cama y empezó a vestirse.

—Tengo trabajo esperando —dijo—, y a ti te vendría bien dormir un poco. Ha sido un día muy largo. Te despertaré dentro un rato para que vayamos a cenar. ¿Quieres salir o prefieres que reserve mesa en uno de los restaurantes del hotel?

Amber lo miró desde la cama, confundida. En lo último en lo que estaba pensando era en comer. Lo que quería era que Conall se metiera en la cama con ella y la estrechara entre sus brazos. Quería quedarse dormida a su lado y despertar junto a él, para poder besarlo nada más despertarse y que volviera a hacerle el amor. Pero, a juzgar por su lenguaje corporal, aquello era lo último que quería.

–¿El trabajo no puede esperar? –preguntó.

–Lo siento, pero no. Por si se te ha olvidado, puedo pagar nuestra estancia en este lujoso hotel gracias a mi trabajo.

Amber sintió que se le encogía el corazón al comprender que aquel era un comentario destinado a recordarle que no era más que una aprovechada.

Sin decir nada más, Conall giró sobre sí mismo y salió del dormitorio.

Capítulo 11

TRAS cinco días de relativo confinamiento y de casi continuo sexo, los recién casados se trasladaron a la casa de Conall en Notting Hill, y Amber se encontró viviendo en un vecindario completamente nuevo. La casa, de cuatro plantas, daba a un plaza central con un precioso jardín rodeado por una verja. En otras circunstancias, Amber habría estado encantada de poder pasar el rato en un entorno tan maravilloso, pero, rodeada de las cosas de Conall, se sentía desplazada, sin nada propio excepto su ropa. Era el territorio de Conall que, al parecer, no se había planteado en ningún momento la necesidad de adaptarlo también para ella. ¿Y qué sentido habría tenido hacerlo si en tres meses iban a estar separados?

–¿Has pensado en lo que vas a hacer mientras yo estoy en el trabajo? –preguntó Conall con las cejas alzadas después de haberle enseñado cómo funcionaba la complicada máquina de café que había en la cocina.

Amber no había pensado en ello. Ir de compras para divertirse ya no le atraía como antes, y la gente con la que solía salir antes de conocer a Conall había dejado de interesarle. Lo cierto era que la única persona con la que quería estar era el hombre con el que se había casado. Pero, evidentemente, ella era la única que sentía aquello. Conall era un experto en compartimentar su vida, una habilidad de la que ella parecía carecer. O tal vez se debía a que, más allá del deseo y la responsabilidad, no sentía nada por ella.

Tras tener relaciones con ella al despertar, Conall se fue a su oficina, y Amber no pudo evitar una sensación de resentimiento al pensar que su secretaria, Serena, iba a poder verlo casi todo el día.

Al menos estaban en mayo y el tiempo era lo suficientemente cálido como para sentarse fuera, de manera que salió al jardín con un libro y un cuaderno de bosquejos y se sentó junto a unos de los arbustos de lilas que aromatizaban el aire con su intensa fragancia.

Ya llevaba dos semanas viviendo en la casa cuando recibió una carta de su padre en la que le decía lo encantado que estaba de que se hubiera casado con Conall.

Es un hombre al que siempre he admirado. Probablemente sea el único hombre en el planeta capaz de manejarte.

Amber podría haber llorado porque, en el fondo, estaba de acuerdo con su padre. ¿Acaso no le hacía sentirse Conall como una gatita ronroneante y satisfecha? ¿Y no era cierto que cuando podía disfrutar de la compañía del poderoso irlandés se sentía como si estuviera en el Cielo?

Pero él no sentía lo mismo. Para él, aquel matrimonio no era más que una carga que había asumido porque se sentía en deuda con su padre.

A pesar de sí misma, Amber no lograba dejar de pensar en el futuro, en todo lo que echaría de menos cuando aquella farsa terminara. Echaría de menos el sexo, por supuesto, pero era el resto de cosas lo que se estaba rebelando como adictivo. Era el desayuno en la cama los fines de semana, o despertar en medio de la noche bajo los besos de Conall. Eran los paseos por Londres, una ciudad que le parecía nueva al caminar con él a su lado.

Se preparó una taza de café y fue hasta el ventanal de la cocina a contemplar el tranquilo exterior de Notting Hill. La noche anterior se había despertado al amanecer y la verdad la había golpeado como un intruso que acabara de entrar en la casa por la ventana. Cuando por fin había tenido el valor de admitirlo había sentido miedo. Se estaba enamorando perdidamente de Conall y quería que su relación tuviera una oportunidad real. Quería comprobar si su relación tenía posibilidades de durar. Quería más, y sabía que se pasaría la vida lamentándolo si ni siquiera trataba de explorar el potencial de aquella relación.

En un frenético esfuerzo por demostrarle a Conall que no era una inútil cabeza hueca, empezó a cocinar platos elaborados. Recurrió a lo poco que recordaba de un curso de cocina que, como le había sucedido con todos los demás, nunca llegó a acabar, y fue capaz de ofrecer a su marido un perfecto suflé de queso, o unos delicados merengues flotando en unas exquisitas natillas con vainilla.

También empezó a leer la sección internacional de la prensa para poder comentar mientras comían los acontecimientos que tenían lugar en el mundo. Y si a veces se daba cuenta de que corría el peligro de convertirse en la caricatura de una anticuada ama de casa, le daba igual. Quería demostrar a Conall que era algo más que una cabeza de chorlito.

Pero si esperaba que se produjera alguna especie de conversión dramática, fue en vano. Su sexy y discreto marido permaneció tan emocionalmente distante como hasta entonces. Pero una mañana, tal vez porque había logrado transmitirle parte de su inquietud, Conall se volvió en el umbral de la puerta cuando estaba a punto de salir para el trabajo.

–Últimamente has estado cocinando mucho. ¿No te vendría bien un descanso?

–¿Es esa tu manera de decirme que estás harto de mi comida?

Conall alzó una ceja.

–Más bien era la introducción para preguntarte si te apetecería salir a cenar esta noche.

–¿Aunque estemos entre semana? –Amber trató de reprimir la sensación de ser una tonta Cenicienta–. Me encantaría.

–Bien. Reserva mesa en algún restaurante y llama a la oficina para dejar el recado. Nos vemos allí –añadió Conall antes de salir.

Amber reservó una mesa en el Clos Maggiore, un exclusivo restaurante de Londres conocido por su romántico ambiente y por su exquisita comida.

Eligió un vestido color crema discretamente sexy acompañado de un chal de seda rojo y tomó el taxi que la esperaba para llevarla al restaurante con una burbujeante excitación en su interior.

Pero su humor empezó a cambiar rápidamente cuando dieron las ocho y Conall no se presentó en el restaurante. Negó con la cabeza cuando el camarero se acercó a ofrecerle otra copa de champán. Ya había tomado una con el estómago vacío y estaba un poco mareada. Empezó a sentirse un poco ridícula allí sentada, rodeada de gente charlando animadamente en las mesas que la rodeaban.

¿Pero de verdad había pensado que una simple cena iba a hacer que todo fuera perfecto? ¿Acaso esperaba que Conall la sacara así como así de la cajita en la que la mantenía encerrada y apartada del resto de las cosas de su vida?

Miró disimuladamente su reloj para que nadie pensara que la habían dejado plantada. Pero ¿y si Conall la dejaba realmente plantada?

Treinta y cinco minutos después de la hora de su cita se produjo una ligera conmoción en la entrada del restaurante cuando Conall hizo su aparición. Los demás comensales lo miraron mientras avanzaba hacia la mesa que ocupaba Amber.

–Llegas tarde –le reprochó ella mientras él ignoraba la copa de champán que le sirvió el camarero.

–Lo sé, y lo siento.

—¿Qué ha pasado? ¿Te ha mantenido ocupado Serena?

Conall frunció el ceño.

—No sé qué tratas de sugerir, pero no voy a seguirte la corriente. He recibido una llamada del príncipe Luciano y no podía interrumpir las negociaciones sobre la venta del cuadro alegando que tenía una cita para cenar.

—¿Y no se te ha ocurrido pensar que tal vez me habría gustado participar en las negociaciones? A fin de cuentas, yo fui la primera en enseñarle el cuadro.

Conall no contestó de inmediato. Amber parecía realmente enfadada, y en parte tenía razón, pero él no había planeado llegar tarde. No esperaba la llamada del príncipe y además nunca había tenido la intención de implicar a Amber en las negociaciones sobre el cuadro. A fin de cuentas, aquella no era su vida ni nunca lo sería. En un par de meses su matrimonio no sería más que un recuerdo. ¿Acaso no comprendía que los limites que había establecido en aquella relación eran para protegerlos a ambos? Por eso se mantenía emocionalmente distanciado de Amber. Por eso no había vuelto a repetir las confidencias que había compartido con ella y que le habían hecho sentirse expuesto y vulnerable.

Pero debía reconocer que estaba resultando más duro de lo que había imaginado mantener las distancias con Amber, o evitar que el recuerdo de las noches que la tenía entre sus brazos invadiera sus pensamientos mientras estaba trabajando. La sensación de estar perdiendo el control era cada vez más intensa. Pero no estaba dispuesto a perder el control nunca más.

–Claro que no se te ha ocurrido –continuó Amber con voz temblorosa–. Porque para ti no significo nada ¿verdad? ¡Nada en absoluto!

Conall entrecerró los ojos.

–¿No te parece que estás un poco histérica?

Amber se quedó muy quieta, como una niña que acabara de ser reprendida por un profesor muy severo. Pero fue incapaz mantenerse callada.

–Estoy harta de que me concedas unos minutos de tu tiempo antes de irte al trabajo y de esperar tu llegada hasta la noche, cuando por fin dejas tu oficina y a tu querida Serena. Los fines de semana son algo mejores, pero también te pasas casi todo el tiempo trabajando.

–¿Quieres hacer el favor de bajar la voz?

–No. No pienso bajar la voz –replicó Amber, consciente de las miradas de curiosidad que estaban recibiendo desde las mesas más cercanas.

De pronto se hizo consciente de lo estúpida que había sido. ¿Cómo era el dicho? «No se le pueden pedir peras al olmo». No se podía esperar un matrimonio real de algo que no había sido más que un frío contrato.

¿De verdad había creído que podría soportar tres meses de aquello? ¿De verdad había creído que le bastaría con disfrutar del sexo cuando lo cierto era que su corazón se estaba sintiendo más y más implicado con aquel testarudo irlandés? Era una mujer, no una máquina. No podía mantener sus emociones encerradas en una caja con la facilidad con que parecía hacerlo Conall. Pero, muy probablemente, aquello se debía a que él no compartía ninguna de esas emociones.

Sin pensárselo dos veces, se puso en pie.

—¡Ya me he hartado de estar casada con un hombre para el que soy poco más que parte del mobiliario de su casa! —espetó—. Con un hombre que siempre antepone su trabajo a todo lo demás, que ni siquiera es capaz de hablar de asuntos reales, de las cosas que verdaderamente importan. Creo que ha llegado el momento de admitir lo evidente. Esto se ha acabado, Conall. ¿Lo entiendes? ¡Se ha acabado definitivamente!

Trató de quitarse el anillo de bodas, pero este se negó a salir de su dedo. Entonces tomó su bolso de mano y se encaminó con paso firme a la salida del restaurante, consciente de que Conall había dicho algo rápidamente al camarero antes de seguirla. Planeaba tomar un taxi, pero no tuvo tiempo de hacerlo, pues Conall la alcanzó enseguida, la sujetó con firmeza por el codo y le obligó a encaminarse hacia su coche.

—Entra —ordenó y, en cuanto cerró la puerta, se volvió hacia ella con expresión furiosa—. ¿Quieres explicarme a qué ha venido ese numerito?

—¿Qué sentido tendría repetírtelo? Lo que he dicho es la verdad. No tienes suficiente tiempo para mí.

—Claro que no lo tengo. Porque esto no es real, Amber —la perplejidad del tono de Conall pareció auténtica—. ¿Acaso lo has olvidado?

–Pues ya que no es real, habrá que mostrar al mundo que no nos llevamos bien. No podemos romper nuestro «romántico» matrimonio sin previo aviso. La gente tiene que ver que empiezan a surgir grietas en nuestra relación, y lo que acaba de suceder debería ayudar.

Conall miró a Amber sin ocultar su incredulidad.

–¿Quieres decir que la escenita que acabas de montar era una farsa? ¿Qué lo has hecho solo para dejar constancia pública de que ya hemos empezado a discutir?

Amber se preguntó si no sería mejor dejarle creer aquello que humillarse reconociendo que estaba tratando de buscar algo más profundo en su relación, que su estúpido corazón anhelaba el amor que Conall nunca podría darle

–A fin de cuentas es cierto ¿no? –dijo, y tuvo que morderse el labio inferior para contener las lágrimas que querían derramarse de sus ojos–. Hay grietas en nuestra relación. De hecho, las hubo desde el primer momento. Ni siquiera has tenido el detalle de invitarme a asistir a las negociaciones con el príncipe Luciano sobre la pintura Wheeler. Para ti no soy más que un ser inútil que, muy a tu pesar, te excita.

–Al menos tienes razón en algo, Amber, porque es verdad que me excitas –murmuró Conall–. Y también es cierto que a menudo querría que no fuera así.

Algo oscuro y pesado se había instalado en el ambiente, como esa especie de sensación de claustrofobia que suele tenerse antes de una tormenta.

Pero Conall no volvió a decir nada hasta que estuvieron de regreso en la casa. Amber suponía que se iría a su estudio, o a beber algo en el jardín, pero se equivocó. Cuando, tras cerrar la puerta, se volvió y la miró de arriba abajo, Amber captó un destello de algo intenso y subterráneo en sus ojos color zafiro.

Se movió como un depredador, sin previo aviso. Alargó las manos hacia el corpiño de su vestido y lo desgarró tan fácilmente como si hubiera estado hecho de papel. Amber se estremeció al sentir la piel repentinamente expuesta al exterior, y también debido a que la expresión de los ojos de Conall le estaba haciendo sentirse... excitada.

Conall asintió mientras la miraba, como si hubiera reconocido algo que no le gustaba.

–Y tu deseo por mí resulta igual de inconveniente, ¿verdad, Amber? Preferirías no desearme, pero no puedes evitarlo. Me deseas ahora. Lo sé. Sé que ya estás húmeda para mí...

Amber apenas podía respirar, y mucho menos pensar. Una incontrolable excitación recorrió su cuerpo cuando Conall le arrancó las braguitas con la misma facilidad con que le había arrancado el vestido, y se quedó consternada cuando a continuación vio que bajaba rápidamente la cremallera de la bragueta de sus pantalones para liberar su sexo.

Pero en realidad no estaba consternada, porque lo que escapó de entre sus labios cuando Conall la tanteó entre las piernas con su miembro antes de penetrarla fue un gemido de alivio. ¿Fue el enfado lo que la impulso a arrancarle la camisa para desnudar su magnífico torso, o la frustración de reconocer que aquella era la única manera que tenía de expresar sus crecientes sentimientos por él?

Clavó los dientes en la piel de su pecho y lo mordisqueó como si fuera un animalillo y, aunque Conall dejó escapar una suave risa de placer en respuesta, Amber sabía que cuando terminara ya no se estaría riendo.

Ni siquiera la besó, y a ella no se le ocurrió ofrecerle su boca. Además, apenas hubo tiempo para besos. Tan solo lo hubo para unas pocas penetraciones duras y casi desesperadas. La sensación fue tan salvaje y explosiva que Amber dejó escapar un grito desgarrado que se mezcló con el de Conall cuando ambos alcanzaron el orgasmo al unísono.

Hasta que Conall salió de ella unos segundos después y se dio la vuelta para que no pudiera mirarlo al rostro, Amber no se dio cuenta de que había olvidado utilizar un preservativo.

Cuando la agitada respiración de Conall se calmó un poco, se volvió y la miró con expresión torturada a la vez que movía la cabeza de un lado a otro.

–Esto no debería haber sucedido –murmuró con evidente amargura.

–No importa, Conall...

–Claro que importa, Amber. No puedo creer lo que acabo de hacer, lo que acabamos de hacer. He... he perdido por completo el control. Pero no quiero vivir mi vida así, y no pienso hacerlo. Este matrimonio ha sido un error y no sé por qué traté de engañarme pensando que podía ser otra cosa.

Amber lo miró a los ojos y captó el desprecio que había en ellos, además de otro montón de cosas que preferiría no haber visto. Conall ya la había mirado en otra ocasión de aquella manera, como si fuera un ser despreciable surgido de la inmundicia. Pero entonces aún no la conocía, y ahora sí. Aquella mirada era la manifestación del más absoluto de los rechazos, y le dolió más de lo que nunca le había dolido nada.

Reprimiendo un angustiado sollozo, se agachó para recoger sus braguitas desgarradas y subió corriendo al dormitorio.

Capítulo 12

NO RESULTÓ complicado zanjar legalmente aquel breve matrimonio. En la última conversación que mantuvieron, Conall le dijo a Amber que tenía intención de ser generoso en el acuerdo de separación que iban a firmar, pero ella negó firmemente con la cabeza.

–No quiero tu caridad –dijo, tratando desesperadamente de mantener el control mientras lo único que deseaba era que Conall la tomara entre sus brazos y la amara.

–Tu actitud me parece admirable, aunque equivocada –respondió él con frialdad–. Te estoy ofreciendo el apartamento y una generosa renta mensual. No tendrás que trasladarte.

Amber se dijo que habría sido absurdo quedarse deliberadamente sin nada y, aunque rechazó la oferta de la renta mensual, aceptó las escrituras del apartamento y lo puso en venta de inmediato. No podía soportar la idea de seguir viviendo en un edificio cuyo dueño era Conall y de correr el riesgo de encontrarse con él. Compraría algo más pequeño en una zona menos cara y utilizaría el resto para mantenerse. Y pensaba buscar un trabajo.

Vendió su reloj de diamantes y con el dinero que consiguió se matriculó en un curso para traductores e intérpretes en la universidad de Bath. Afortunadamente, el curso iba a empezar casi de inmediato. Bath era una ciudad preciosa y tranquila y estaba lo suficientemente lejos de Londres como para saber que no correría el riesgo de toparse con Conall por sorpresa.

El curso la tendría lo suficientemente ocupada como para mantener a raya los tristes pensamientos que merodeaban por su cabeza. No le atraía especialmente la perspectiva de acabar traduciendo aburridos manuales, o de trabajar de interprete para una empresa de cereales, pero lo primero que necesitaba para conseguir un trabajo era una titulación, de manera que se trasladó a Bath, alquiló una habitación en las afueras de la ciudad y empezó a estudiar seriamente, como no lo había hecho nunca.

Tampoco había compartido nunca un piso con nadie, ni había vivido con un presupuesto tan ajustado, pero no tardó en acostumbrarse a quedarse sin leche o a tener que comer un plato de cereales. Descubrió que un sencillo plato de pasta podía resultar fantástico si se compartía con otras tres personas y una botella de vino barato. Y si por las noches le costaba conciliar el sueño y las lágrimas empezaban a derramarse de sus ojos, se abrazaba a sí misma y se decía que Conall Devlin no tardaría en convertirse en un recuerdo lejano.

¿Pero llegaría a olvidar realmente su deslumbrante sonrisa, sus besos, o la costumbre que tenía de acariciarle perezosamente el pelo después de hacerle el amor?

«Después de tener sexo», se corrigió a sí misma mientras daba vueltas en su estrecha cama. Conall solo se había casado con ella porque se sentía en deuda con su padre. Aparte de eso, lo único que había habido realmente en su relación había sido sexo. Y así debía haber sido para él, porque desde que Amber le dijo que no se molestara en volver a ponerse en contacto con ella no había vuelto a tener noticias suyas. No la había llamado ni una sola vez y tampoco le había enviado un simple correo para averiguar cómo le iba la vida.

Todas las negociaciones de su separación se habían hecho a través de sus abogados, y Amber era consciente de que iba a tener que aprender a vivir con aquella realidad.

Junio dio paso a julio y una monumental ola de calor dejó al país prácticamente sumido en la inactividad. Las ventas de helados y ventiladores se dispararon. Los lechos de los riachuelos se secaron y la yerba se volvió de color sepia. Incluso se empezó a hablar de la necesidad de racionar el agua. Una tarde, tras regresar de sus clases, Amber acababa de ir a sentarse un rato en el pequeño jardín de la casa cuando oyó que llamaban a la puerta. Hacía tanto calor que no quería moverse y esperó a que alguna de las otras chicas con las que compartía la casa fuera a abrir.

Oyó unas voces distantes y unos momentos después escuchó unos pasos a sus espaldas seguidos de una profunda voz que le produjo una intensa conmoción.

Alzó la cabeza lentamente, diciéndose que no debía reaccionar... ¿pero cómo no iba a reaccionar después de llevar semanas pensando y soñando con Conall? ¿Acaso no había fantaseado con la idea de que apareciera en la casa de aquella manera? La expresión de Conall era tan hermética como siempre, pero la camiseta que vestía hizo que la mente de Amber se llenara de inmediato de imágenes de su poderoso torso desnudo

—¡Conall! —exclamó con la garganta repentinamente seca—. ¿Qué estás haciendo aquí?

—¿No lo sabes?

Amber negó con la cabeza.

—No.

—¿A pesar de que hay una pregunta que ambos sabemos que necesita una respuesta?

Amber se humedeció la lengua con los labios.

—¿Y qué pregunta es esa?

Se produjo una pausa.

—¿Estás embarazada de mi bebé? —preguntó finalmente Conall.

La pausa que siguió a su pregunta fue aún más larga.

—No.

Conall no esperaba la sensación de vacío y pesar que se adueñó de él al escuchar la respuesta de Amber. Se sintió que como si alguien acabara de apagar la única luz que aún alumbraba su interior.

Contempló el pálido rostro de Amber, el temblor

de sus labios. Pensó en lo diferente que parecía a la mujer que encontró dormida en aquel sofá blanco el día que la conoció. El aire de serenidad que parecía emanar de ella le produjo un momentáneo placer, pero también captó un destello de enfado en sus ojos verdes cuando echó atrás lo hombros y apartó un mechón de pelo de su frente con gesto impaciente.

—Ahora que has obtenido la respuesta que probablemente querías, ya puedes irte.

—No pienso irme a ningún sitio.

Amber entrecerró los ojos.

—No entiendo por qué has venido hasta aquí para hacerme una pregunta que no necesitabas hacerme en persona. Podrías haberme enviado un correo. O incluso podrías haberme llamado.

—No se trata de la pregunta.

—Entonces ¿de qué se trata?

Conall dejó que la furiosa mirada de Amber lo alcanzara como una ola. Había tratado de mantenerse alejado de ella diciéndose que sería lo mejor para los dos, pero algo lo había impulsado a ir hasta allí. Sabía que Amber no merecía otra cosa que la verdad, pero eso tampoco le garantizaba el resultado que esperaba. Y también sabía que había llegado el momento de dejar de esconderse de su pasado, de rechazar las férreas normas emocionales con las que había vivido tanto tiempo.

—No sé si alguna vez podrás disculparme por cómo me comporte la última tarde que estuvimos juntos —murmuró.

Amber frunció el ceño.

–¿Te refieres a... lo que pasó en el vestíbulo?

–Sí. Me refiero exactamente a eso.

Amber se encogió de hombros.

–Mantuvimos relaciones sexuales. Creía que disfrutaste con ellas. Yo disfruté, desde luego, a pesar de que destrozaste mi vestido y mi ropa interior.

–Estás pasando por alto un detalle importante.

–¿En serio? Fuiste tú el que me enseñó que no había mal sexo a menos que uno de los dos miembros de la pareja no quisiera practicarlo.

–Sé lo que te dije, pero lo cierto es que perdí el control. Por un momento lo vi todo rojo. Me sentí como poseído por algo. Fui incapaz de frenarme, y eso no me gustó.

–Todo el mundo pierde el control alguna vez en su vida, especialmente después de una pelea –Amber movió la cabeza con impaciencia–. No tengo el título de psicóloga, desde luego, pero durante mi adolescencia asistí a las suficientes consultas como para saber que lo que tu llamas «mantener el control» significa no expresar nunca tus emociones, lo que implica que, cuando lo haces, estallas. ¿Por qué no haces lo mismo que casi todo el mundo y te permites «sentir»?

Conall sabía que lo que estaba diciendo Amber era muy cierto, pero no sabía si iba a tener el valor de admitirlo, el valor necesario para buscar en su interior algo que llevaba enterrado ya demasiado tiempo. Amber lo había acusado en una ocasión de ser un resentido, y no se había equivocado.

Pero había aprendido la lección. O al menos lo había intentado. Había acudido a ver a Amber con una sola cosa en mente: ella.

–¿Qué pensarías si te dijera que estoy totalmente de acuerdo con lo que has dicho?

Amber lo miró con suspicacia.

–No sé...

–Me he comportado como un ser arrogante, testarudo y corto de vista y he dejado que se me escapara entre los dedos lo más maravilloso que me había pasado en la vida. Y ese algo eres tú. Te echo terriblemente de menos... porque te quiero, Amber. Te amo y quiero recuperarte.

Amber negó con la cabeza mientras se levantaba de la tumbona.

–Pero tu no «amas». ¿Recuerdas?

–No hacía muchas cosas. Si quieres que te diga la verdad, creo que no había vivido realmente hasta que te conocí –Conall dejó escapar una breve risa carente de humor–. Ya sé que de cara al exterior lo tenía todo; dinero, casas, cuadros magníficos... Podía viajar a donde me apeteciera, alojarme en los mejores hoteles y salir con cuantas mujeres quisiera –Conall dejó de hablar y por un momento pareció tener dificultades para encontrar las palabras adecuadas–. Pero ya no quiero a ninguna otra mujer excepto a ti, porque todas las demás se quedan en nada cuando las comparo contigo –continuó con voz ronca–. Antes pensaba que representabas todo lo que no quería, pero resulta que representas todo lo que quiero. Eres inteligente, perspicaz, irreverente, adaptable, me haces reír, y también eres capaz de sacarme de quicio. Pero siempre me retas, y yo soy la clase de hombre que necesita retos. Y...

–¿Y? –repitió Amber sin aliento cuando Conall se acercó a ella y la rodeó con sus brazos.

–Tengo algo que quiero darte, pero solo si puedes decirme lo que necesito oír, y necesito que seas completamente sincera conmigo –Conall tuvo que carraspear para deshacer el nudo que le atenazaba la garganta–. Necesito que me digas si me correspondes.

Amber saboreó aquel momento y lo tuvo esperando unos segundos, pero fue incapaz de contener la sonrisa que comenzó a esbozar y que acabó por convertirse en la expresión de una inmensa alegría.

–Te quiero, Conall –dijo con sencillez–. Te amo más de lo que soy capaz de expresar, mi duro y testarudo irlandés.

–En ese caso, supongo que debo hacer las cosas adecuadamente –Conall miró a su alrededor. Aunque estaban solos en el jardín, había varias casas contiguas desde cuyas ventanas podían verlos–. ¿Podemos ir a algún lugar más privado?

Amber asintió, lo tomó de la mano y le hizo subir por las escaleras hasta su diminuto dormitorio. Observó la expresión de Conall mientras miraba a su alrededor. La incredulidad inicial dio paso a la admiración y luego a la curiosidad. Se acercó al caballete en que se hallaba el cuadro en el que estaba trabajando y contempló atentamente las vibrantes salpicaduras amarillas y verdes contorneadas de negro.

–Has estado pintando –murmuró a la vez que se volvía a mirarla.

–Sí. Y tengo que agradecértelo a ti. Sé que no sueles decir nunca cosas que no piensas, y que opinaras que mis cuadros eran buenos hizo que volviera a creer en mí misma –Amber sonrió–. Puede que nunca venda un cuadro, o que nunca quiera hacerlo, pero tú hiciste que volviera confiar en que podía pintar, y eso vale más que nada.

–Espero que opines lo mismo de esto, aunque en términos románticos, más que monetarios –dijo Conall a la vez que sacaba una cajita del bolsillo trasero de sus pantalones.

Y a continuación, para asombro de Amber, echó una rodilla en tierra a la vez que le ofrecía un anillo con una esmeralda en el centro rodeada de montones de pequeños diamantes.

–¿Querrás casarte otra vez conmigo, Amber? Pero esta vez en una iglesia, como es debido, rodeada de nuestros familiares y amigos.

Amber se sintió como una princesa mientras contemplaba el anillo, aunque en una ocasión Conall la había reprendido por portarse como tal. Pero en esta ocasión era distinto y de pronto comprendió por qué. Ella era «su» princesa y siempre lo sería. Conall le había hecho cambiar en muchos aspectos, pero ella también lo había ayudado a cambiar a él. De algún modo, se habían domesticado mutuamente.

–Sí, Conall. Quiero casarme otra vez contigo y de la forma que quieras, porque has sido capaz de devolverme algo que ni siquiera sabía que había perdido: a mí misma –murmuró Amber, emocionada, y a continuación dejó escapar las lágrimas que la emoción había acumulado en sus ojos–. Me has hecho comprender que había algo dentro del caparazón vacío en que me había convertido, y eso es algo que siempre te agradeceré desde lo más profundo de mi corazón. Ese es uno de los motivos por los que te amo y te amaré siempre con cada célula de mi cuerpo, amor mío.

Epílogo

ERA de noche y había empezado a nevar copiosamente. Conall contempló por la ventana la capa blanca que estaba cubriendo el jardín de su casa en Notting Hill.

–Creo que deberíamos pensar en irnos ya –dijo mientras se volvía hacia su esposa, que estaba terminando de cepillarse el pelo.

Amber dejó el cepillo sobre el tocador y lo miró con una perezosa sonrisa en el rostro.

–Hay tiempo de sobra aunque esté nevando. El restaurante no está reservado hasta a las ocho, así que, antes de irnos... bésame.

–Es increíble cuánto le gustan los besos, señora Devlin.

–¿Y a ti no? –preguntó Amber con expresión traviesa.

–Confieso que sí –murmuró Conall mientras se inclinaba hacia ella. Aquellos besos solían producirle tanta satisfacción como frustración, porque siempre acababan despertando su deseo y sabía que siempre sería así.

Había cumplido su promesa de casarse con ella «adecuadamente» y la boda había tenido lugar en una pequeñas iglesia cercana a su casa de campo. Recordaba haber vuelto la cabeza para ver a Amber avanzando por el pasillo y haber sentido que su corazón se henchía de amor y orgullo. Le había parecido un auténtico sueño con su sencillo vestido blanco y las flores que sostenían un largo velo que flotaba tras ella.

Ambrose había regresado de su áshram a tiempo para la ceremonia, moreno, con la mirada despejada y bastante más delgado que cuando se fue. Anunció que se había enamorado de su profesora de yoga, que planeaba reunirse con él en Inglaterra en cuanto tuviera resuelto lo del visado.

Amber apenas pareció extrañarse y después le dijo a Conall que estaba aprendiendo a vivir y a dejar vivir, y que pensaba que en realidad nadie estaba en condiciones de juzgar a nadie. Además, y aunque las familias pudieran ser en muchos casos realmente complicadas, siempre era mejor estar juntos que separados. Había animado a su marido a ponerse en contacto con algunos de los parientes de su madre y Conall había descubierto que tenía varias tías vivas y unos cuantos primos y primas que estaban deseando conocerlo. Aquel fue uno de los motivos que les hizo elegir Irlanda para pasar la luna de miel.

Rafe, el hermanastro de Amber, también llegó a tiempo desde Australia para asistir a la boda, y su presencia causó un auténtico revuelo entre las damas presentes. Casi tanto como el invitado de honor, el príncipe Luciano, al que se le oyó comentando a Serena que había hecho de casamentero con la feliz pareja.

Todo había resultado maravilloso, pero aquella noche iban a acudir al Clos Maggiore, su restaurante favorito, en el que tuvieron la pelea que acabó con su separación y en el que aquella noche pensaban disfrutar cenando en su exquisito y romántico ambiente.

Amber planeaba rechazar su habitual copa de champán y darle a Conall la noticia que sospechaba que tanto le gustaría escuchar, a pesar de que para ella había supuesto toda una conmoción. Creía que había tenido suficiente cuidado...

–Te quiero, Conall Devlin –susurró.

Conall sonrió a la vez que la miraba con un gesto ligeramente interrogante.

–Y yo a ti te adoro, Amber Devlin.

Y de pronto Amber no quiso esperar a estar en el restaurante. Aquello era algo privado, solo para ellos, como el día en que Conall se arrodilló en su habitación en Bath y le ofreció el anillo con la esmeralda.

Sintiéndose tontamente emocional, rodeó con los brazos el cuello de su marido y acercó los labios a los suyos mientras la excitación crecía y crecía en su interior.

–Puede que este sea un buen momento para darte una noticia...

Bianca

**Quería que aquel niño fuera suyo…
y que ella se convirtiera en su esposa**

Había sido una sola noche, tan apasionada como solo podía serlo un amor de juventud. Pero después se habían separado. Flynn debía conquistar el mundo… solo. La vida de Sara cambió tres meses después cuando descubrió que estaba embarazada.

Flynn había ocupado el lugar que le correspondía como conde de Dunmorey y tenía obligaciones que cumplir. Pero, ahora que había descubierto que tenía un heredero, pensaba reclamarlo. Con solo mirar a Sara a los ojos los años de separación se borraron de golpe y la pasión renació…

EL HIJO DEL ARISTÓCRATA
ANNE McALLISTER

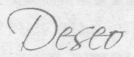

Una noche para amar
Sarah M. Anderson

Jenny Wawasuck sabía que el legendario motero Billy Bolton no era apropiado para una buena chica como ella. Sin embargo, cambió de parecer cuando vio el vínculo que Billy estaba forjando con su hijo adolescente.

Por si fuera poco, sus caricias le hacían arder la piel. De modo que decidió pujar por él en una subasta benéfica de solteros.

Billy tenía una noche para conquistar a la mujer que ansiaba. Pero, en un mundo lleno de chantajistas y cazafortunas, ¿tenían el millonario motero y la dulce madre soltera alguna oportunidad de estar juntos?

*Sus besos le despertaban
un deseo largamente dormido*

¡YA EN TU PUNTO DE VENTA!

Se acostaría con ella...
y después la destruiría...

Lissa trabajaba al máximo para darle a su hermana la vida que merecía y, si para conseguirlo tenía que ponerse unas pestañas postizas y tratar bien a aquellos ricachones, no dudaría en hacerlo...

Xavier Lauran no había podido dejar de mirar a Lissa desde el momento que había entrado al casino y ella lo sabía. Lo último que necesitaba en su ya complicada vida era caer en los brazos de aquel seductor francés... pero no pudo resistirse.

Lo que Lisa no sospechaba era que había caído en una peligrosa trampa...

TRAMPA PELIGROSA
JULIA JAMES

9